海螢

雪村　浩

海蛍／目次

装画・装丁　雪村　浩

海蛍

第一章　見合い蛍

1

――もう、あまり時間は、ありません――。

子宮の海に谺《こだま》する医者の言葉を反芻《はんすう》しながら、日傘を畳んで薄暗い路面電車に乗り込むと、乗客は操《みさお》ひとりだった。

年に似合わぬ派手な振り袖姿を、ミラー越しに初老の運転手に覗かれ、

――また見合いか……。

と見透かされたような気がした。

もう定年に近いのだろうか、顔の皺《しわ》が深い。

鐘を鳴らして運転手はゆっくりと電車を動かした。カーブで別の路面電車と擦れ違い、揺れによる吐き気と眩暈《めまい》が治った後、操は運転手に話しかけた。

「また路面電車、増えたようじやねえ」

「ああ、バスや地下鉄に押されて廃車になったもんが、全国から送られて来るんじゃ。まだ十分使えるのにのう」

——都会のスピードについていけないものは、置き去りにされ見捨てられる——。

そう思いながら、操は自嘲的に言った。

「まるで路面電車の姥捨て山じゃね、広島は」

「ああ、一旦ここへ捨てられたら、二度と出られん。死ぬまで堂々巡りじゃ。わしと一緒じゃ。もう棺桶に片足つっこんどる。いや、この電車がわしの棺桶かもしれんがのう。ふっふっふっ」

そう言って、初老の運転手は肩を震わせ、皺を深めて嗤《わら》った。

「この電車、背中に傷があるでしょう」

操がそう訊《き》くと、運転手は、喉仏を上下に動かして、唾を呑み込んだ。

「ん？　いけん、見られてしもうたか」

「ペンキが剥げかかっとるわ」

駅で降りて見送る度に、思うことだった。茶色のペンキを塗られた電車の背後の部分が剥げかかり、袈裟に切られた赤黒い斜めの傷が、夕焼けの暗雲のように浮き出ている。

「もうあれから、三十四年じゃけんのう……」

昔を振り返り、そう呟いた後、運転手はハンドルを動かした。

――私と同じだ、と操は思った。――戦後三十四年、日本の発展や進歩から置き去りにされた廃車同然の電車が、今日も広島の街を走っている。それらはどこへ向かっているのだろう。過去を引き摺りながら現在を走っているが、少なくとも私には、未来へ向かっているとは思えない――。

電車は、千田通りから鯉城通りを遡る。窓から外を見ると、大通りに沿って高層ビルがずらりと立ち並んでいる。

昔と違って、すっかり風景が変わってしまった。まるでスーツを新調したように整えられた街並みだ。中国地方の代表的な都市だから、それも当たり前だろうが、どこか余所余所しい気がする。

化粧で素顔を隠し、振り袖を纏った今の私と、大して変わりはないのかもしれない――、と操は思った。

宇品線から広電本線へ、さらに白島線に乗り換えて、電車は火花を出して嫌なブレーキ音を立てながら停車した。

操はタラップを降りて、緑に目をやる。縮景園や県立美術館のあるこの辺りは、まだ昔の風情が残っている。

大きな庭園の梢で、鴬が誇らしげに鳴いている。美声を異性に聞かせているのだろうか。枝から枝に谷渡りをして、異性を探している。

まるで私みたいだ——、と操は自嘲的に微笑んだ。

2

懐石料理屋の木戸を開けると、池の鯉が跳ねた。鹿威《ししおど》しの音が深閑とした広い庭に木霊し、水面に波紋を拡げてゆく。

仲居の案内で廊下を渡り、奥座敷の前に来る。仲居は障子を開けた。

「白鳥《しらとり》さんがお見えになりました」

「すみません、お待たせせして」

操はお辞儀をして謝ったが、内心それほど悪いとは思っていない。相手を待たせるのも兵法の一つだ。どうせ大した相手じゃないのは分かっている。

「まあ、操さん、さあ、早う。麻明戸さん、随分お待ちになったんよ」

と、焦った仲人が、相手方の非難の視線から庇うように、代わりに操を責める。

「御免なさい。ちょっと病院に寄ってたものですから」

「どこか、お体の具合でも？」

見合い相手の母親がメガネの奥の目を光らせて鋭く口を出した。かなり怒っているようだ。東京から引っ越して来たばかりだから、プライドが高いのだろう。眉間に皺を寄せ、片眉を曲げて微かに唇の端を震わせている。

小母《おば》が気づいて取り繕う。

「い、いいえ、至って健康じゃけん。ねえ、操さん」

「え？　ええ、風邪を引いたのか、ちょっと熱っぽくて、念のために」

「ああ、風邪ですか」

腰を浮かして心配そうに操を眺めていた見合い相手の麻明戸武司《まあめいどたけし》が、安心したように座り直した。心優しいが気の弱いお坊っちゃんタイプだ。

――これでは三十過ぎても結婚できないわけだ。

と小馬鹿にしつつ、操は相手の性格や容姿をさらに吟味し始めた。

「さあ、始めましょう」

仲人の合図で見合いが始まった。通算十八回目の見合いが――。

鹿威しの乾いた音が鼓膜を叩き、操の背中を押す。諦念に沈もうとする操の心の水面に幽かな波紋が拡がり、鯉が顔を出す。

仲人は両家の身内を紹介した。操は白鳥寺の住職に拾われ、小母に育てられた。しかし戸籍上は実の娘ということになっている。今日は法事で、和尚は来れない。そのことを小母は相手方に謝った。

一方、相手方も、父親が来ていない。亡くなったのか、離婚したのか、理由は伏せられている。何かわけありなのだろう。そうでなければ、東京の山の手の立派な家の御曹司が、操のような女と見合いをしようとする筈がない。

「麻明戸武司さんは、慶応大経済学部を卒業されて、K商事へ入社、転勤されて今年、広島に来んさったんじゃねえ」

仲人が披露すると、彼は照れながら「ええ」と頷いた。

「まあ、慶応ボーイ」と操はわざと驚いてみせた。

「大したことありません」

「まーめいどって、ちょっと変わった名字ですね」

「え？　ええ、まあ……」

「お父様はもしかして、外国人？」

武司は答えていいかどうか迷い、母親の顔を窺っている。

「名字なんて、どうでもいいでしょう」

と彼の母親は少し不機嫌になった。

名字から察すると中国系だろうか。彼は整った顔立ちではないが、色白だからロシア系か。或いは、顎や頬骨が張っているので、もしかしたら、彼の父親はアメリカ人かもしれない。戦後、駐留していたアメリカ兵と結ばれたのなら、そのことを母親は引け目に思い、隠そうとする筈だ。

仲人は、雰囲気を察して、話題を操に移した。

「白鳥操さんは、地元の高校を卒業されて、現在、薬品メーカーへお勤めなんじゃやねえ」

操は澄まして、「ええ」と頷く。

「操さんは、広島のお生まれですか？」

武司が尋ねると、操が「ええ」と上目遣いに見返した。

「それにしては、あまり訛《なまり》がないですね」

「東京に6年いましたから、東都大医学部に」

「え？　東都大に？」

仲人も、操が東都大にいたことを知らされていないので、プロフィールを見ながら、操を非難するような眼差しを送って来る。

「ああ、それで……」

武司は、操の標準語の流暢さに納得したようだ。

「でも、中退しましたけど」

「医学部を？　勿体ない。なぜ？」

と彼の母親が口を挟んだ。

「人の隠れた部分を見るのが、嫌になったんです」

鹿威しの音で会話が途切れ、しばらく気不味い沈黙が続いた。

雰囲気を変えるためか、彼は話題を逸らした。

「えーと、操さんのご趣味は……？」

「音楽鑑賞かしら」

「どういった音楽を」

「フォークソング。赤い鳥の『竹田の子守歌』とか『翼をください』とか」

「ああ、赤い鳥は僕も好きです。懐かしくて、生きる悲しみと、未来へのささやかな希望の入り交じった歌が多いですからね」

「麻明戸さんのご趣味は？」

「僕は、絵を描くことです」

「どんな絵を」

「うーん、印象派風の風景画とか、肖像画とか……。操さん、色白でお綺麗だから、一度描かせて頂けたら嬉しいんですけど」

「ええ、機会があったら、ぜひ……」

唇の口角だけ上げた作り笑いの冷たい眼差しが交錯し、互いに心の内を探り合う。

鹿威しの音が庭に木霊する。頃合いを見計らって仲人が腰を上げた。

「そいじゃあ、うちらはそろそろこれで……」

「そうじゃやね。若いもんは若いもん同士……」

小母も腰をあげる。

相手方の母親も「そうですね」と頷いて同調した。

「母さんも…？」

動揺する息子に、彼の母親が落ち着き払って諭すように言った。

「操さんとよくお話しなさい。私達が居ては話し辛いこともあるでしょうから」

「後で二人きりでデートでもしんさったらええじゃろう、なあ」

小母が相手方を見つめる。

彼の母親は平静を装っているが、唇が微かに曲がっている。

「デート……？」

彼は狼狽している。

「では、お先に……」

仲人と小母と相手方の母親は襖を開けて出て行った。

襖が閉まり、二人だけになった。

3

鹿威しの竹筒に次第に水が溜まってゆく音がする。

緊張と沈黙に耐え切れず、彼が口を開いた。

「あのー、操さん、僕は見合いはこれで五度目なんですが、貴女のような綺麗な方にお会いしたのは、初めてです」

「そうですか。私は、もう十八回目です」

「十八回？　なぜ貴女のような綺麗な方が……」

「ふふ、さあ、なぜでしょう」

凍りついた微笑みに、鹿威しの音色が罅《ひび》を入れる。

「ああ、分かった。理想がお高いんですね？　だから貴女の方からお断りになるんでしょう。僕もいきなり断られそうだなあ」

「いいえ、私から断ったことは、今まで一度もありません」

「え？　一度も？」

「ええ、ただの一度も……」

微笑む操の瞳をまじまじと凝視める彼。

鹿威しがポンと鳴り、固まった二人の空気を和ませる。

「ああ、そうか。貴女が余りに美しすぎるから、これは無理だと思った男性の方がプライドを保つために先に断って来るんでしょう。分かるな、その気持ち。高嶺の花に届かないのなら、僕も自分から辞退するかもしれない」

「いいえ、高嶺の花じゃなくて、あまりに深い泥沼に咲く花だから、恐れて近づかないんだと思います」

「ご謙遜でしょう。それをいうなら吐き溜めに鶴だ」

「そうですね、まさに吐き溜めの方です」

「いや、そうじゃなくて、鶴の方ですよ」

「汚れのない真っ白な鶴ならいいんですけど……」

操は流し目を送って、妖しく微笑んでみせた。

彼は操の美貌に参ったのか、ずっと操の顔ばかり眺めている。時折、胸や腰にも視線が動くのが分かる。着物の上から中身を想像しているのだろうか。

竹筒に溢れた水が限界を超えて、ざあっと池に流れ落ち、空になった竹の節が石に打たれる乾いた音がする。その竹筒にまた水が静々と溜まってゆく。

「あのう、失礼ですけど、今まで恋愛経験とかは……」

「いいえ、あまり……。学生時代にただ一度きりです。それも片思いで、実らずに……」

「そうですか。じゃあもしかして、男性経験とかもあまり……あ、失礼……」

と彼は慌てて湯飲みのお茶を飲んで、荒い鼻息を整えた。

操はポーカーフェイスで答える。

「男性経験は、一度もありません」

「え？　じゃあ――」

「――処女です」

信じられない、という感じで、彼は白痴のように口を開け、呆然とした。

「その歳で…、あ、失礼……」

と彼はまたお茶を唾液と一緒に飲み込む。

「ふっ、三十三でバージンなんて、おかしいでしょう？」

「いいえ、とんでもない。清純な…方なんですね」

「清純？　この私が？　ほほほほ」と操は口を手で押さえて微笑んだ。

「麻明戸さんは経験豊富なんですの？」

「いえ、僕はそのう…、こんな顔ですから余りモテなくて…、経験といえるほどでは……」

と照れて、彼はハンカチで額の汗を拭い、また茶をがぶ呑みした。

おそらく胃は熱いお茶で満杯で、食道まで溢れているだろう。

彼が謙遜する通り、確かにやや太りぎみでルックスも美男子とは言い難い。但し、色白で、肌だけは綺麗なようだ。

「そうですか……。じゃあ、これから御一緒しませんか？」

と操はいつものように、相手を促した。

「え？　どこへ」

「ラブホテルへ」

「ラブホテル？　あっ、アチチ！」

彼は手に持った湯飲みをテーブルと服に零した。熱い湯が紫檀の長卓に拡がり、ズボンの上から股間に染み込んでゆく。

操はすぐにハンカチで彼の太ももと股間を拭いた。

「大丈夫ですか？　火傷しました？」

「ええ、少し、でも大したことありません。ハハハ、すいません、取り乱しちゃって」

彼の下品な想像を嘲るように、水が零れて空になった鹿威しの乾いた音が、障子を幽かに震わせた。

4

紙屋町で電車を降りて、銀行に立ち寄り、鯉城通りに戻った途端、上りの電車とすれ違った。

あの電車だ。

運転手はカンカンと激しく警告の鐘を打ち鳴らした。線路に犬が飛び出したのだ。電車は急ブレーキをかけて急停車した。赤い火花が激しく飛び散る。犬は幸い轢かれずに済んだが、恐怖で首を締められたような苦しい悲鳴をあげ、逃げていった。

「ああ、よかった」と彼もひと安心の様子だ。

「嫌な音」

「え？」

「火花が散ったでしょ？　レールに」

「ああ、ブレーキで」

「あの火花を見ると思い出すの」

「何を？」

「原爆を」

「え？　原爆って、三十四年前の？」

「ええ、このあたりに落ちたんです」

「でも、その頃操さんはまだ…」

「生まれたわ。その日に」

「そうですか。僕は戦後の東京生まれですから、原爆のことはよく知らないんです」

「あの電車も、被爆したそうよ」

「え？　あの電車も？」

「ほら、後ろの壁、ペンキで綺麗に隠してるけど、原爆の熱線で焼け爛れた跡が……」

「ああ、そういえば、ペンキがはげかかって赤黒い罅が入ってますね。相当深い傷だあ」

電車は、何事もなかったかのように、また走り始めた。

被爆した後、一旦廃墟と化し、七十五年は草木一つ生えないだろうといわれたこの広島の街を——、その無残な傷痕を隠すように現代建築で埋められていった街中を、あの電車は焼け爛れた体に白粉を塗るように赤黒い傷痕をペンキで隠し、三十四年も堂々巡りし、今日も走り続けている。

鯉城通りから新旧の店が軒を連ねる本通り商店街を抜け、彼と腕を組んで裏通りに入った。まだ日は高いが、妖しい雰囲気が漂っている。

カジュアルな格好をした若いカップルと何度かすれ違う。けばけばしい赤や紫色の看板が見える。

「さあ、早く行きましょう」

「あのー、操さん、一体どこへ……」

「さっき言ったでしょう？　ラブホテルよ」

「でも、今日初めて会ったばかりで……」

「だから、お互いのことよく知らなきゃいけないでしょう？　心も体も」

「そりゃあ…でもその前にもっとデートを重ねて、お互い解り合う必要が」

「何建前言ってんのよ。貴方、私のヌード見たくないの？　ならいいけど」

「いや、そりゃあ、綺麗な人だし、見たくないことはないけど……」

「じゃあ、いいじゃない。お互いのこと知るには、ホテルに行くのが一番なのよ」

「そう、かなあ……」

「早う、きんさい！」

操はじれったくなって彼の腕を強く引っ張った。

「ああっ、操さん、痛タタ……」

バランスを崩して足元をもたつかせる彼に構わず、操は紫の看板の薄暗い入り口に引き摺り込んだ。

5

ラブホテルの一室のドアの鍵を開けてキーをベッドに放り投げ、カーテンを開けると、昼の眩しい光が派手な赤い壁の部屋を隅々まで照らし出した。

「あ、カーテン、開けたままで？」

「この方がお互いの体、よく見えるでしょ？」

そう操がウインクすると、彼は顔を赤らめた。

「さあ、武司さん、あなた先に脱いで」

「え？　ええ、まあいいですけど……後ろ向いてて下さい。恥ずかしいから」

彼は、観念したように溜め息を吐いてスーツを脱ぎ始めた。

「あのう……、操さん」

「なあに？」

「君、見合いをした後、いつもこう？」

「ええ、そうよ」

「顔に似合わず、意外と大胆なんですね」

「よく言われるわ」

「そう……。あれ？　さっき見合いの席で、バージンだって言ってませんでした？」

「見合いの席で、私バージンじゃありませんっていう女がいると思う？」

「いや、そりゃあ、そうだろうけど……」

「でも私は男性と深いお交際いをしたことは一度もないわ。それだけは本当よ」

「確かにこれは浅い交際いかもしれないけど……へへっ、これでいいかなあ」

彼の中身を見るため、操は振り返った。少々太りぎみだと思っていたが、殆ど筋肉だった。日の光で男性の太い筋肉の陰影がくっきりと見える。

「あら、割りと逞しい、いい身体してるのね」

「そうですか？　照れるなあ」

操は彼の脱いだスーツと下着を手の届かない隅へ移動させた。

「あれ？　僕の服どうするんですか？」

「ちょっと遠ざけるの。ふー、これで、簡単には逃げられないわね」

「え？　逃げるって……」

「こっちのこと」

「まさか君、強盗？」

「ふふっ、お金には別に困ってないけど？　十年もＯＬ暮しして貯金は沢山あるし」

「確かにこんな綺麗な女強盗は見たことないけど、ハハハ、あっ、じゃあ、美人局《つつもたせ》とか……」

「だから、そんな男いませんって……。ご心配なく」

今度は、操が着物を脱ぎ始めた。その衣擦れの音に慌てて彼は、

「あ、僕、後ろ向いてますから」と赤い壁の方を向いた。

「いいわよ、別に、こっち見てて」

「いや、それはいくらなんでも……」

男性の広い背中と肉付きのいい大きな臀部を眺めながら、操は帯を解き、肌襦袢を脱いだ。下着は元々着けていない。

「いいわよ、振り返って、どう？」

光が眩しいのか、最初彼は目を細め、次第に大きく瞳孔を開いていった。

「き、綺麗だあ。こんな綺麗な女性の身体、見たことない」

「そう？　絵のモデルになれるかしら」

「ああ、なんだ、そういうことですか。さっき僕が操さんを絵に描きたいって言ったから、それでこんなモデルの真似を。なんだ冗談か。僕はてっきり、あれかと勘違いしましたよ」

と彼は期待外れの表情を見せ、軽い失望を覚えながらも、操の裸身を見られたことを喜んでいるようだ。口角は無理して引き締めているのに、目元が笑っている。

「もっとこっち来て、よく見て」

「ええ？　いいんですか？」

彼が遠慮しながらも膨らみかけた股間が目立たないようにへっぴり腰で手で押さえて、少しづつ近づいて来る。

「いいわよ、触っても」

汗の滲んだ掌から彼の温かい体温が伝わる。

「うん、ああなんて白い肌だ、雪のように白くてすべすべで、まるで女神のようだ」

「そう？　これでも？」

操は、背中に垂れる黒髪を揺らして、天高く掻き上げ、襟足から背中全体がよく見えるように、彼に向けた。

「え？　あっ、うわー！」

彼は操を突き放して、腰を抜かした。

怯えた目に、あんぐりと空けた口、引きつる頬、震える手足、萎えた男性器……、いつもの光景だ。

「やっぱり、あなたもそうなの……」

予想通りとはいえ、軽い失望を覚える。

私は一体彼に何を期待していたのだろう――、と自己嫌悪に陥る操。

「何それ、どうしたの？　その背中……」

「赤黒い牡丹の花……」

「牡丹の花？　刺青……ですか？」

「まさか、緋牡丹お竜じゃあるまいし。――ケロイドよ」

「ケロイド？　――じゃあ……」

「そう、生まれてすぐ、被爆したの。母は私を抱いて原爆の炎から庇おうとしてくれたみたいだけど、全身大火傷で即死、私の背中には、この醜いケロイドが残ったわ」

彼がごくんと唾を飲み込む音が聞こえる。

「あなたも他の男性と同じね。この醜いケロイドを見ると、皆、私を突き飛ばして逃げていくの。化け物でも見たような顔して」

「いや、ごめん、いきなりだったからちょっとびっくりして……だけど別に僕は……」

「言い訳はいいわ。これが、もっと長く交際った後でこうやって拒否されるとショックも大きいけど、最初ならそうでもないわ。もう慣れたから。さぁ、服を来てさっさと帰って。お見合いの返事は今頂いたわ。さっきのあなたの悲鳴で十分よ」

「——操さん……」

普通ならそそくさとスーツを身につけ、一目散に逃げ出すのだが、彼はなぜかぐずぐずして、部屋からすぐには出て行かなかった。ベッドに座って、操が着物を着るまで、じっと待っていた。そして、操が身支度を整えると、彼は名残惜しそうに尋ねた。

「あのー……」

「なあに？　まだ何か用？」

「操さん、お見合いする度にいつもこういうことを……」

「ええ。でも最初はそうでもなかったわ。だいたいお見合いなんてしようとも思わなかった。結婚は恋愛でしたいと思ってたから……」

「恋愛……」

「ええ、私、今までに一度だけ、恋をしたことがあるの。十年程前に――」

操は、今まで誰にも、操を育ててくれた和尚様や小母にさえ話したことのない、十年前の出来事を彼に語り出した。

6

十年前、大学紛争の嵐が全国に吹き荒れていた。大学構内では大勢の学生達がスクラムを組み、デモ行進をしていた。

「安保、反対！　自治権、確保！　安保、反対！　自治権、確保！」

操も医学部の卒業を控えていたが、デモに参加していた。

片思いの彼氏がいたからだった。名前は片岡健一。彼は医学部六年の同級生でセクトのリーダーをやっていた。アジテーションがうまくて、差別のない完全に市民平等の世界を作るんだと言って、あちこちのデモや集会を飛び回っていた。正義感が強くて勇気があって、機動隊や警察にもゲバ棒を持って挑んで行った。操はそんな彼に憧れて、セクトに入りビラ配りや立て看作ったりして、いつも彼の傍に居たいと思っていた。

ある日、機動隊と衝突した夜、操たちは、大学にバリケードを築いて、閉じ籠もったのだ。機動隊の足音とジュラルミンの盾のぶつかる音が大学の門や塀の周囲を固めた。

健一は拡声器で叫んだ。

「我々はー、大学のぉ、自治権を確保するためー、国家権力とー、断固ー、闘うー！　国家権力の介入はー、絶対、許さない！　機動隊は帰れー！」

シンパの学生達たちも同調した。

「帰れー！」

セクトのメンバーは機動隊に向かって火炎瓶を投げ、それがジュラルミンの盾に当たり粉々に割れて、ガソリンが燃え上がる。

機動隊からは、反撃の放水が始まる。

学生部長の佐々木教授が拡声器で諫めた。

「学生諸君、おとなしく出て来たまえ。退学になりたくなかったら今すぐ出て来たまえ。君達の将来を親御さんも心配なさってる。明日は機動隊が突入し、強制的に排除することになる。君達は建造物侵入と器物損壊、公務執行妨害で逮捕されることになる。今夜中に出てくれれば情状酌量の余地がある。今すぐ出て来たまえ」

「誰が出てゆくもんですか」

と操は言った。

「ああ、あれは大学当局と警察の罠だ。一人でも出て行けば学生の結束力が弱まる。それを狙ってるのさ」

学生たちは大学の明け渡しを断固拒否し、徹夜でバリケードを固めた。

木枯らしが構内に吹きすさぶ。

「寒い……」

「機動隊の放水を浴びたからね。上着を脱いで乾かそう」

「ええ」

濡れた上着を絞って窓にかけ、操と健一は下着姿のまま寄り添い、互いの体温を感じながら、窓から暗い夜空を眺めた。空は曇り、朧月夜で、星は一つも見えなかった。

その時、闇の天空から雪が降って来た。

「あ、雪だ。雪が降ってきた」

「初雪ね、綺麗……」

暗黒の宇宙から降る汚れのない純白の初雪……。その純真さと儚さは、まるで国家権力に立ち向かう操達そのものだった。

「操さん、もっと肩を寄せて、今夜は冷える」

「あっ……」

健一は操を抱き寄せ、キスをした。

生まれて初めてのキスだった。

「嬉しい……。私ずっと前から健一さんのこと……」

操は彼の広い背中に腕を回して、強く抱き締めた。彼の逞しい腕の中で、このままずっと一緒に眠りたいと思った。

彼は、突然起き上がると、下着を脱いで、操の下着も脱がそうとした。操は少し抵抗したが、すっかり脱がされ、生まれたままの姿になった。

朧月が雲間から顔を出し、二人の体を仄かに照らした。

「綺麗だ。初雪のように真っ白で……」

彼は操の乳房にキスをした。そして、激しく抱き合っている内に、彼は操の背中に回った。操はすぐ前を向いたが、長い髪が揺れて、淡い月光と雪明かりが、操の無残な背中を照らし出した。

「うわー！　何だ、君、その背中！」

健一は操を床に突き放して、起き上がり、後退さった。

「驚かして御免なさい。貴方には見られたくなかったけど、ケロイドなの」

「ケロイド？」

「原爆の」

「原爆？　君は、被爆者だったのか」

「――ええ……」

「だから広島弁を使わず、標準語で、東京生まれみたいに装って、俺に近づいたのか。こんなおぞましいものを隠して……」

「別に、そういうつもりじゃ……」

「詐欺だ。俺を誘惑して妊娠したら、無理矢理結婚でも迫るつもりだったんだろう、俺が病院長の息子だと知って……。田舎出の貧乏人のくせに」

「何言ってるの？　あなたは人間は平等だって言ってたじゃない。金持ちとか貧乏人とか家柄なんか関係ないって」

「ふん、そういわなきゃ、馬鹿な市民はついて来ないだろう」

「――健一さん……」

「市民を扇動するには、市民が主役だと思い込ませる必要があるんだよ。選挙と同じさ。主権は国民にあると煽てておいて、いざ当選したら議員のやりたい放題だ。裏金に汚職に金権政治、数の論理による強行採決、それが政治の現実だ。そういうあくどい政府に対抗するためにはこっちも同じ手を使うしかない。政府に不満を抱いている市民に、君達が主人公だと煽てて集会に募りデモ行進させるのさ。その数が政府に脅威を与えるんだ。その頭数を揃えるための戦略なんだよ、市民皆平等なんてのは」

「戦略……？」

「だいたい、資本論を読んだこともない無知な連中に、マルキシズムや安保闘争なんて解る筈ないだろう」

「健一さん、あなた安保闘争に協力してくれた市民やボランティアのことをそんなふうに……」

「君だって変わりないよ。君は綺麗だった。可愛いルックスの女性が安保反対デモの先頭に立ってると、テレビ映りがいいし、機動隊に殴られてると、市民の同情を惹くんだよ。それで運動は盛り上がる。君はそのマスコットガールだったのさ」

「マスコットガール……？」

「ところが、綺麗だとばかり思ってた君も実はそんなケロイドを隠していたなんて。一杯食わされたよ。君もなかなかやるね、結婚詐欺師としては。でもさあ、身の程知らずもいいとこだ。そんな醜い身体でこの俺に近付こうなんて」

「醜いって……、あなたは容姿で人を判断しちゃいけないっていってたじゃない」

「ふん、そんなの建前だよ。君だってそうだろう。俺に近付いたのは、俺がハンサムで金持ちの息子で、将来結婚したら大病院の院長夫人になれるって心の底で計算してたからだろう？」

「違うわ。私は正義感の強い貴方に憧れてたの。誰にでも優しくて、平等に扱ってくれて、弱い者の味方で、権力に立ち向かってゆく勇気のある貴方が好きだったの」

「ふん、どうかな。君、俺がもしブ男だったら俺に惚れたかい？　俺が下町の貧乏人の息子だったら、俺に惹かれたかい？」

「ええ、それでも好きになったと思うわ」

「嘘いうなよ。君だって本音は俺と同じさ。俺のお袋がそうだったようにね」

「お母様が、どうかなさったの？」

「俺のおふくろは若い男と駆け落ちしたのさ。親父の病院が傾きかけた時にね。その後、親父は奮起して病院も立直ったけど、お袋は帰って来なかった。女は皆同じさ、金持ちでハンサムな男に惹かれるんだ。いい男を手にいれるためなら美しく着飾る魔性の女ども。君はその最たるものだ。雪のような白い肌に、そんな醜いケロイドを隠して」

「そう、確かにこのケロイドは醜いわ。でもこれは私のせいじゃない。日本の軍国主義とアメリカの世界制覇の野望の象徴よ。国家の醜い策略や人間のおぞましい欲望の爪痕なの。私はその歴史の証人なのよ。だから私をこんな身体にしたおぞましい国家権力と戦うために、私はこのセクトに入ったの。貴方と一緒に戦おうと思って」

「俺と一緒に？　フフフ、身の程知らずが」

「あなたにもし、本気で国家権力と戦う気があるなら、この醜いケロイドから眼を背けないで、近寄ってよく見て。この無残な傷から逃げないで、私をこんな身体にした国家権力と戦って。国家の犠牲になった私を、ケロイドと一緒に抱き締めて。ねえ、抱いてよ！　健一さん！」

操は健一に抱き着いた。

しかし、彼は、

「触るな、汚らわしい！」

と怒鳴って、操の手を振り払い、足蹴にした。

「ふん、そんなケロイド見せられたら、男の身体は萎えるんだよ。心理的にも、生理的にもな。化け物みたいなそんな醜い体、平然と抱ける男なんか、いるわけないね！」

そう残酷に言い放って、彼は部屋を出、操の前から逃げるように暗い廊下を走り去った。

翌朝、催涙弾が投げ込まれ、機動隊が大学構内に強行突入をした。

「突撃ー！」

冬の凍るような冷たい放水を浴び、学生は機動隊と衝突した。催涙弾の白い煙で目の見えない学生達は鉄パイプを振り回したが、機動隊のジュラルミンの盾とヘルメットで防がれ、逆に堅い樫の警棒で殴られ、鎖骨を折られ、頭蓋骨を割られた。血塗れになりながら、操の同志たちは一人、また一人と倒れていった。そして機動隊の鋼入りの靴で蹴られ、地面に顔を押し付けられ、手錠を掛けられた。

操も機動隊に逮捕され、医学部を退学になった。

健一は、リーダーのくせに、同志と共に築いたバリケードを蹴破って密かに抜け出し、自分だけ逮捕を免れ、ちゃっかり卒業し、病院を継いだらしいことを、風の噂で、操は聞いた――。

7

「――それ以来、私は政治も、学生運動も、そして恋愛も、一切信じなくなったの……」

十年前の失恋を、操は、今日見合いしたばかりの麻明戸武司に打ち明けた。

それはなぜだったろう。健一と同じように、武司も操のケロイドを見て怯え、化け物でも見たような顔をして逃げ出そうとしたというのに。武司が、見合いした他の男たちと一体どこが、違っていたというのだろう――。

「そう。そういうことが……。でも、なぜ見合いを？　男性不信に陥ったのに」

「子供が、欲しかったの」

「子供？」

「私ね、原爆症なの」

「原爆症？　……じゃあ今日風邪で病院に寄って来たっていうのは――」

「ええ、その治療よ。多分長くは生きられないわ。だから死ぬ前に、子供が欲しいの」

「そんなに悪いんですか？……」

「私の女子高時代のお友達にも被爆した子がいて、その子、女子校の卒業式の日に、自殺したわ」

「原爆症が原因で？」

「ううん、それより辛いことで」

「原爆症より辛いことって」

「彼女もケロイドがあったの。しかも、顔半分に」

「――顔半分に、ケロイド……」

8

操は十六年前の悲劇をも、麻明戸武司に語った。

それは、女子校の卒業式の日に起こった。

校長の命令で、全校生徒が起立し「君が代」斉唱を始めた。中には、座ったまま無言の抗議をする教職員や生徒が数人いた。操も親友の京子も、抗議の座り込みをしていた。

ところが、「君が代」を聞いている内に、京子は我慢できなくなったのか、壇上に駆け上がって、叫び始めた。

「皆、やめんさい。『君が代』を歌うのはやめんさい。歌ったらいけん。校長先生、皆に『君が代』なんか歌わせんで。軍国主義の日本がかつてアジアに何をしたか忘れたん？　原爆がなんで広島に落とされたんか忘れたん？　この顔に刻まれたケロイドはそんことを絶対忘れんけんねえ！」

京子は、剃刀で日章旗を切り裂いた。

「やめんさい！　神聖な国旗を切り裂くとは何事じゃあ！」

と校長は叫んだ。

「神聖？　人を大量殺戮して血塗れになった日の丸のどこが神聖なんじゃね」

「いや、そいは……、過去のことじゃ。日本は反省して、生まれ変わったんじゃけぇ」

「誤魔化すのはやめんさい。反省しとらんけぇ、日の丸を掲揚し、『君が代』を歌わせるんでしょうが？　そんなに過去を隠蔽したいんじゃったら、私が思い出させちゃるけぇ。日の丸が今も血塗れじゃっちゅうことを、一生忘れられんようになあ！」

自分の首に剃刀を振り翳す京子を、操は接近して諫めた。

「やめんさい、京子！　死んだらいけん。死んだら、おしまいじゃけん……」

「お終いにせんために死ぬんよ、さいなら、操」

京子は頸動脈を掻き切った。

「京子ー！」

噴き出した血飛沫が国旗に飛び散り、純白の部分が深紅に染まった。夥しい鮮血で汚れた深紅の国旗が、今の本当の醜い日本の姿だといわんばかりに。

京子はふらついて、壇上からピアノの上に落ちた。暗い響きが、講堂を揺るがした。

生徒達は悲鳴を上げ、目を覆った。卒倒する生徒も出て、講堂は騒然となった。

「君が代」は中断され、「蛍の光」も歌われることなく、卒業式は終わった。暗いピアノの余韻だけが薄暗い天井にいつまでも漂っていた。

葬儀には、卒業生の殆どが弔問に訪れた。校長も訪れ、京子の両親とマスコミの前で頭を下げていた。

そして、桜の舞う青空の中、焼き場で京子の魂が天に昇るのを操たちは見送った。

9

「――今日みたいに、真っ青な小春日和だったわ……。――彼女には、好きな人がいたの。片思いで、ずっと告白できないまま、彼女は死んだわ」

「……」

麻明戸武司は震えて、声が出ないようだった。

「生まれてからずっと顔半分のケロイドを晒して生きて来て、どんなに辛かったろうって、思ったわ。背中にケロイドがあった私にも彼女の気持ちは半分位分かった。ケロイドを晒して自殺することで、原爆の罪の重さを、日米の人々の記憶に焼き付けようって思った気持ちが……」

青空に桜が舞っている。枝から千切れて血が滲んだような赤い花びらが、春風に吹かれ、窓の外にゆらゆらと漂っている。

「でも、校長先生は焼き場の煙突から京子の遺体の煙が昇るのを見届けて、両親に涙を流して挨拶を済ませて、帰りがけに、一瞬ふっと微笑んだのを、私は見逃さなかった。泣き真似を終えた校長のほっとしたあの笑顔を見た時、私は絶対死ぬもんかって思った。被爆者が死んだら、政府は忘れるもの。自分達が犯した行為を、その罪と責任を、日本政府もアメリカ政府も、ほっとした顔をして忘れて行くのよ。私は日米両政府がそのことを忘れないように意地でも生きようって思った。私は絶対自殺しない。絶対ケロイドなんかに、原爆なんかに、日米両政府に負けないって」

「――操さん…」

「でも、このごろ原爆症が日に日に身体を蝕んでゆくのが解るの。貧血もひどくなったし、身体も怠くて、生きる気力が萎えて来るの。だからこそ、子供だけは欲しいって思ったの。このまま死んで堪るかって」

「……」

「でも、結局、私はケロイドに負けたのかもしれない。このケロイドのために男性不信になったし、恋愛に臆病になったもの。相手がいなければ、子供は産めないから…」

「――だから、お見合いを……」

「ええ、でも、何度お見合いして交際っても、この醜いケロイドを見ると男性は逃げ出すの。こんな身体じゃあ、風俗でも雇って貰えないし、かといって人工受精もできないわ。人工受精って、結婚した夫婦じゃないと正式な許可は下りないんですって」

「そう……、夫婦だけか」

「ねえ、麻明戸さん、もしよかったら、協力してくれない？」

「え？」

「ううん、抱いてくれって言ってるんじゃないの。夫婦のふりをしてほしいの。産婦人科に行って、夫のふりをして欲しいのよ」

「夫の、ふり……？」

産婦人科の待合室では、妊婦が大きなお腹を満足そうに抱え、撫でていた。それは、自分が死んだ後も、命を、遺伝子を引き継ぐ子孫を授かった女の満足感だろう。死期が迫っている操も、一刻も早く未来の命をこの手に抱きたいと思った。

診察室の椅子がきゅるんと回る。初老の医師だった。

「えーと、人工受精をお望みなんじゃのう」

「ええ、結婚以来ずっと子供ができなくて」

「不妊の原因は、ご主人じゃろうかあ」

「は？」

と武司は戸惑っている。

操が代わりに答えた。

「ええ、そうです。他の産婦人科で検査してもらったら、無精子症だって…

…、ねえあなた」

「ああ、はい、そうです」

「奥さんは異常ないんじゃのぅ？」

「え？　ええ…、健康…です」

と咄嗟に操は答えた。詳しく調べられたら、原爆症がバレるかもしれない。

「で、ご希望の精子はどんなもんが」

「は？」

「いや無論、精子提供者にはＩＱとか運動能力とか予め標準以上の健康な男性を選んであるけぇ、原則として選り好みはできんことになっとるんじゃがぁ…、ほうはゆうても結婚相手を選ぶんと同じじゃけんのう。内密でご希望に添うたもんをと…、例えば野球選手とか優秀な数学者とか芸術肌の人とか、なんかご希望はありますかいのう？」

「肌の綺麗な人が」

「ん？」

「雪のように白い餅肌の人がいいです。肌さえ綺麗なら、それでいいです」

「ふーむ、餅肌ねえ…。そんな資料はないんじゃがぁ。まあ、解りもうした。なんとか探してみるけぇ。ほいじゃあ、適合者が見つかり次第ご連絡致しますけん」

11

産婦人科を出て、駅のホームに上がり、路面電車に乗ろうとして、操ははたと気づいた。

「あ、困ったわ」

「何が？」

「私達何年も子供のできない夫婦なのよね」

「ええ、まあそういう感じで演じましたけど、僕、どこかおかしかったですか？」

「それなのに、妻が処女なんてありえるかしら」

「あっ……」

「どうしましょ、人工受精する時に、きっとばれるわ」

「確かに、すぐ見抜かれるでしょうね」

「もう一度ラブホテルに交際って下さる？」

「え？」

操が手を差し出すと、彼はさっと身を避け、やや後退りした。

「やっぱり、お嫌ですか。こんなケロイドだらけの醜い体を抱くのは」

「いや、そういう訳じゃ、ないけど……」

「じゃあ、どうして今身を引いたの？　あなた、口より体の方が正直みたいだけど」

操が睨むと、彼は苦笑いをしながら言い訳をした。

「いや、僕は君のこと嫌いじゃないです。ほんと、今までお見合いした女性の中では一番気に入ってます。でもあのー、やっぱりもう少し交際って、お互い恋愛感情が生まれてから、そういうこと…しませんか？」

「恋愛感情って……、でもあなた、本当にこんな私を心から好きになれます？」

「ええ、努力して……」

「努力……、フッ、やっぱり無理するってことね」

「いや、その努力じゃなくて、お互いを高め合う努力です。人工受精までまだ間がありますから、それまで普通の恋人同士みたいにデートを重ねてお交際いを深めてゆけば、自然にホテルに行けるようになると思うんです」

「フッ、そうかしら……」

「大丈夫。演技している内に本気で恋に落ちる俳優と女優みたいなもんですよ」

——でも、この人は心から私を愛してくれるだろうか。

操にはとても信じられなかった。男なんて、口先だけだから……。

12

日は急に暮れ出した。日の丸のような紅い夕日が西の山にかかる。周囲の空も血が滲んだように深紅に染まっている。京子が命を賭けて染めた日章旗のようだ。

暗く籠もったような寺の鐘の音色が、夕焼けに鈍く溶け込んでゆく。鴉ももう帰り支度をして、頭上を通過する。それとも、死期の迫った三十路女の死臭を嗅ぎつけ、柔らかい肉を狙っているのだろうか。

門の木戸を開けると、小母が庭を掃いていた。

「あらお帰り。どう？　デート、旨いことといった？」

「ええ、しばらくお交際いすることに……」

「そう。ずうっと続くとええんじゃけどねえ」

「小母様、あんまり期待せんといて」

「ほいじゃけど、人並みに結婚ぐらいはさせてあげにゃあ、天国のお母さんに申し訳が立たないんよ」

「そんな、なんも小母様が責任を感じることはないんよ。これはうちの問題なんじゃけん。結婚できんなら一生せんでもええかなあて思うとるし…」

「操……」

「ほいじゃけど、うち、子供だけは生みたいんよ」

「子供？　結婚せんで、どうやって？」

「大丈夫。たぶんうまくいくけん……」

13

初夏を迎えて、街路樹のミンミン蝉のけたたましい声で脳髄が掻き回される。喫茶店で、ジュースの氷をストローでかき回して涼やかな音を聞いている内に、操は本格的に気分転換をしたくなった。

それで、電車に乗って彼と広電宮島駅まで行き、船で宮島に渡った。

厳島神社の前の海に浮かぶ赤い大鳥居に、観光船がゆっくり近づいて行く。海風が涼を呼ぶ。

もう見合いをしてから3カ月になるが、未だに産婦人科から連絡はないし、彼とも相変わらず進展はない。

船のデッキから大鳥居を眺めながら、操は彼に訊いてみた。

「そういえば私、武司さんのこと、あまり聞いてなかったわね。なぜその齢まで結婚しなかったの？」

「いや、僕は…、こんな顔だし、背も低いし、冴えないから」

「そんなに悪くないと思うけど」

「そうですか？　――実は、母が……」

と彼は口籠もった。

「え？　お母様が、何？」

「何かと口を出す母で、僕が女性と交際いだすと、すぐ邪魔を……」

「そう、それで……。じゃあ、私みたいな女は、なおさら無理ね」

「いや、そんなことないけど……」

新緑の紅葉谷公園を散策した後、ロープウェイで獅子岩駅まで上がり、さらに徒歩で思い切って弥山山頂まで登った。

「ふー、汗かいちゃった」

「随分登ったね。大丈夫？　身体」

「ううん、平気、これ位なら」

山頂から瀬戸内海を眺めた。蒼い海に島が点々と浮かんでいる。

「何見てるの？」

「父の島」

「え？　お父さんの島？」

「戦時中、この瀬戸内海のどこかの孤島で、父は特攻潜水艦の訓練をしていたんですって」

「そう、君のお父さん、特攻隊か……」

「訓練を終えてから、母船で太平洋の戦地まで送られて、それから人間魚雷に乗って、アメリカ艦隊目がけて……」

「それで、戦死？」

「さあ、特攻隊の同期の人に伺ったら、特攻に向かったけど、途中で潜水艦が故障して行方不明になったそうよ。たぶん戦死したんでしょうけど、遺骨も見つからないわ」

「そう……」

太平洋の大海原に繋がる蒼い海は、西の山に傾きかけた日を浴びて金色に輝きだした。

しばらく海を眺めた後、霊火堂にお参りをした。

「何てお祈りしたの？」

「健康な赤ちゃんを授かりますようにって」

「そう……」

「武司さんは？」

「うん……、秘密」

「何それ」

弥山から降りた後、紅葉谷川の浅瀬に素足を浸けて、腕や首に水をかけて、夕涼みをした。

「冷たーい。ふー、涼しい。生き返るわ」

空に満月が上がった。素肌が青白く浮かび上がる。ノースリーブの操の二の腕やスカートをたくしあげた脚を、彼は魅入られたように眺めている。

「操さん……、とても綺麗だ」

「そう？　綺麗なのは見えてるとこだけよ」

「――操さん……」

「さあ、帰りましょう」

鹿や虫の鳴き声が木霊する森を抜け、家路に着いた。

こうやって操は、精子の適合者が見つかるまで、武司と何度かデートを重ねた。結婚をしようとしているわけでもなく、かといって恋愛しているわけでもない、友人のような奇妙な関係……。結婚適齢期をとうに過ぎ、いわば世間の時間から置き去りにされた存在として、二人は交際っていたのだった。学生時代の反体制の二人きりの同志のような感じで……。

14

数週間後の朝、蝉の声がけたたましく街路樹を震わせていた。あまりの暑さで陽炎がアスファルトに立ち、高層ビルを揺らめかせている。

三十四年前の今日、８月６日、午前８時１５分、操は生まれ、広島の街は原爆に見舞われ、母は亡くなった。

犠牲者に哀悼の意を表して、黙祷が行われた。原爆記念公園の鐘の音が、蝉の声を圧倒して、広島中に響き渡った。

太田川は、いくつも分岐して、海に向かって流れて行く。その支流の一つ、元安川の岸辺に母の小さな墓がある。

「ここで、母が亡くなったんです。私を抱いて火の海を逃げ回った後、この川に辿り着いて、水を一口飲んで息絶えたそうです」

「そう……。この百合、お母さんに」

彼は操に百合の花束を手渡してくれた。

「有り難う」

その百合を手向けながら、操は愚痴を言った。

「誕生日が母の命日で原爆記念日だなんて、皮肉よね……、祝うに祝えないわ」

彼は黙って墓に手を合わせている。

「お父さんのお墓は？」

「ないわ」

「え？」

「母とは許婚だけで、結婚してなかったから。それに行方不明だし、戦死したとは思いたくなくて、父方の遺族も、墓を作らなかったんだと思うわ」

「そう……」

「母は、青い海原に特攻に出た許婚の父に手紙を書いて、それをこの川の畔にいたお坊さんに託したみたい。そのお坊さんは、その手紙を灯籠に入れてこの川に流してくださったの」

川の流れをいつまでも凝視めていると、時間を溯っていくような錯覚に捉われる。

遠くからチリーンと鈴の音が聞こえる。錫杖の音が念仏とともに近づいて来る。

「南無阿弥陀仏、南無阿弥陀仏…。おお、操」

「小父様」

「お知り合い？」

「さっき話した、和尚様です。そして、私の育ての父です」

「そう……。あ、初めまして、麻明戸武司と申します。僕はそのう……」

「私の、彼氏です」

「ほほう、操に彼氏がのう。珍しいのう。まあ一時の交際いは好きなようにすりゃあええが、お前の背負うとるもんから目を背けん相手と一緒になるんが一番じゃぞ」

「はい、わかってます」

「じゃがそんな殊勝な男は、おいそれとは見つからんじゃろうが、この日本のどっかにには必ずおる。気長に待つことじゃ」

「ええ」

「さてと、わしは他の者の供養をせにゃいけんでな。なんせ、ここで死んだ者は数えきれんでのう。大勢の市民が原爆の火に焼かれて川に飛び込み、海に流されてしもうた。生き残ってもケロイドに原爆症じゃ。まさに死ぬも地獄、生きるも地獄じゃて……。南無阿弥陀仏、南無阿弥陀仏……」

念仏と錫杖をつく音が遠ざかる。

川の流れに沿って少し下って、木陰にある別の墓前に座ち、操は花を手向けた。

「この墓は、どなたの？」

「この前話した、女子校のお友達のお墓」

「そう……」

木陰に風鈴が吊るしてあり、それが風に靡いて小さな音色を出す。彼岸に渡った京子の声のようにも聞こえる。

操は心の中で、親友に語りかけた。

——京子、聞こえるん？　市民の祈りが。地獄を味わった人々の怨嗟の声と、平和への祈りが……。ケロイドを抱えた私たち原爆乙女は、ノーモアヒロシマのシンボルじゃね。けど、時々うち、何のために生きとるんか分からんようになる時があるんよ。そげな時、ふっと貴女の元へ行きとうなるんよ……。

風鈴が幽かに鳴る。高い音色で。

――ふ、解っとるって。うちはまだ死なん。貴女ほど苦しんどらんもんね。貴女は生まれてから十八年間、ずっと顔半分のケロイドを人目に晒して生きて来たんじゃもんね。うちはこの背中のケロイドを晒してまだたった十年、それもお交際いした男性だけじゃもん、まだまだじゃね。あと八年この背中の赤黒い牡丹の花を男性に晒したら、そん時貴女の本当に辛かった気持ちが解るかもしれん。少なくともそれまでは貴女はうちに自殺を許してくれんじゃろうね……。けど、この頃思うんよ、うちが生きとるんは、こん背中に刻まれた牡丹の花を、醜い原爆の傷痕と戦争の記憶を、一生忘れられんように、男達の目に焼き付けるためかもしれんて……。

風鈴が頷くように風に揺れて、美しい音色が幽かに木霊する。川面に波紋が拡がる。

――ほいじゃけどね、そいだけじゃあ、やっぱり辛いんよ。恥を忍んで赤黒い牡丹の花を晒す、それに歴史の証人としての意味があるとしても、そいだけじゃあとても生きられんのよ。辛いんよ。じゃけぇ、うちは子供が欲しゆうなったんよ。うちとちごうてケロイドのない、全身雪のように美しい肌の健康な子供が——、うちと違うて自由な生き方のできる子供が欲しいんよ。それを生きる励みにしたいんよ、生きる希望にしたいんよ。うちが生きて来たんは、そういう子供を生むためかもしれんて、この頃、思うんよ……。

母と京子の墓参りを終えた操と彼は、平和公園の周辺で、他の原爆の犠牲者にも一日中祈りを捧げた。

夕方になると、蜩の物悲しい鳴き声が薄闇に染み渡り、木霊するようになった。

あの日の、火の大玉のような夕陽が燃える中で、読経に交じって、平和公園から無数の灯籠が川に流された。

操も母と京子の灯籠に火を灯し、元安川に浮かべて流した。その二つの魂を乗せた小舟も、他の無数の灯籠に囲まれ、呑み込まれるように川を流れ下ってゆく。

「なんだか犠牲者の魂みたいに、光ってる……」

「ええ、三十四年前は本当の人魂が、無数にこの川面を浮遊して流れていったそうよ。海に向かって……。武司さん、海に出ましょう」

「え？　でももう、日が暮れるよ」

「もう一つ花を手向ける場所があるの」

操と武司は、川沿いを下り、流れる灯籠を眺めながら、海に向かって歩いていった。

15

海に出ると、二人は砂を踏んで、潮騒に耳を澄ました。

「暗くて沖が見えないね。この海はどこまで続いてるんだろう」

「この海のどこかで、父さん、生きてるような気がする…」

「え？」

「だから、墓は作らない。母さんの好きな花だけ贈るの」

そういって操は、白百合の花束を暗い海面に投げた。

川上から流れて来る無数の灯籠に押されて、白百合が沖へ運ばれて行く。

操たちは海面に浮かぶその無数の灯籠が見えなくなるまでずっと眺めていた。

明かりが途絶え、海は再び闇に包まれた。帰ろうとすると、彼が言った。

「あれ？　沖の方、何か光ってる。さっき流れた灯籠かな」

沖の海面に蛍のように、仄かな光が明滅している。色彩が紅から橙、さらに蒼に変化してゆく。

「違うわ。あれは、あの光は、海蛍だわ」

「海蛍？」

「死者の魂を運ぶ、海蛍……」

海蛍は、この世から彼岸に渡って亡くなった人達の魂の生まれ変わりだといわれている。既に亡くなった人達の魂が、新たに亡くなった人達の魂を、迷わないように、黄泉の国へ導いていくのだという。

「火傷を負い川原で亡くなった母の手紙を、母の魂の乗った灯籠を深い海底に沈んだ父に運ぼうとしてくれたのも海蛍なんですって。和尚様に聞いたわ」

「そう……。あ、操さん、君の瞳に海蛍が……」

「え？　うそ……？」

一匹の蛍が、闇の中に浮かんで、優雅に舞っている。操はそれをそっと手の平に捕まえた。

「あら、これほんとの蛍よ、源氏蛍」

「源氏蛍か……。蛍が光るのは互いに恋人を探す求愛行動だって知ってた？」

「そう……、なら背中が真っ暗な私は、光らない蛍ね。だから恋人にも愛にも恵まれない……」

「――操さん……」

彼は悲しげな顔をした。気を抜いた瞬間、蛍が手の中から擦り抜けて、舞い上がった。

「――あ、蛍が、襟足に」

「え？　きゃあ、くすぐったい。武司さん、取って」

「うん、背中の奥で光ってる。綺麗だ……」

「何見惚れてるの？　早く取って」

「うん…、あ、飛んだ」

「どこ？」

「ほら、海の方」

蛍は小さな人魂みたいに明滅し、闇の中を音もなく夜の海へ、沖の海蛍へ向かって飛んで行った。宙に浮くその仄かな光は、この世で別れ別れになった恋人の魂が、あの世にいる恋人を探しているように見えた。

海鳴りが渚に満ち、体中を優しく包む。虫の幽かな鳴き声が松林に木霊する。

「操さん……、キスしても、いいかな」

「え？」

「僕たちは恋人同士なんだろう？」

「そのふりだけよ。――武司さん、あなた忘れたの？　この浴衣の下には、赤黒い牡丹の花があることを」

「忘れちゃいない。でも、君はそのことにこだわり過ぎてる。自分が醜いと思い込み過ぎてる。君はとても、綺麗だよ」

「ケロイドがなければ、でしょ？」

頑なな操の態度に、彼は溜め息を吐いた。

「たとえひと時でもケロイドの事は忘れた方がいい。だって君は今を生きてるんだから。過去の亡霊に囚われ過ぎて今を見失っちゃいけない。自分が今未来へ向かって生きてるってことをもっと知った方がいい」

「だって私に未来未来なんて――あっ……うっ……」

未来を否定しようとする操の唇を、彼は唇を重ねて塞いだ。

銀河から零れるような流星が、蒼暗い天に弧を描いて、沖の彼方へ、海底深く落ちてゆく。

男の人にキスされたのは、学生時代以来十年ぶりだった。操を裏切った彼とは違って荒々しくなく、優しい唇づけだった。

一瞬、閉じた目の奥に、一匹の蛍が舞った。目眩がして、蛍の浮かぶ闇が、夜空なのか、暗い海の中なのか、分からなくなった。操は怖くなって目を開けた。

「武司さん、もうよして。もういいの、恋人同士のふりは」

「操さん……、ふりって、僕は……」

「明日は人工受精の日だもの。今日までありがとう。私、なんとかお医者様を誤魔化して、一人で人工受精を成功させるわ」

「操さん……、やっぱり人工受精はやめた方がいい」

「え？　どうして？」

「そんなどこの誰とも分からない、顔も知らない、愛してもいない男の子供を産むのは、よした方がいい」

「でも、困るわ。これしか子供を産む方法はないんだもの」

「あるさ」

「どんな方法？」

「僕の子供を、産めばいい」

「え？」

目の奥から蛍が天に舞い上がるように思えた。

「武司さん……」

「見合いしてから今日まで会う度に、僕は君に惹かれていった。愛してしまったんだ。結婚して、僕の子供を産んで欲しい」

「こんな醜いケロイドを背負った女でもいいの？」

「構わない。そのケロイドごと愛すから」

「武司さん……」

「背中を見せて」

「嫌よ。月明かりがこんなに」

「いいから。よく見せて」

「あ……」

彼は操の浴衣を荒々しく脱がした。彼がこんなに大胆になったのは初めてだった。操はされるがままにしていた。

天の闇から月明かりが零れてくる。

「これが、戦後三十四年間、君が背負ってきた十字架なんだね。光らない蛍の赤黒い背中も、月光に照らされれば、美しい」

そういって、彼は操の背中に唇づけをした。

「武司さん、よして、ケロイドにキスなんて」

「いいんだ。君の背負って来た重い十字架を、その魂を、僕にも背負わせてくれ。そうすれば、君の負担は半分になる」

「武司さん……」

操は彼に唇を奪われ、優しく、激しく抱かれた。

月光の照らされた海面で、蛍が舞う。潮騒のリズムに合わせて、蛍が低く高く舞い上がる。一晩中、蛍は夜の海面を浮遊していた。

やがて、蒼い闇の底が紅に染まり、水平線の彼方から朝日が昇り始めた。太陽は暗い海を金色に染め上げて行く。キラキラと輝くその朝焼けの海を二人で寄り添って眺め、黄金の光に包まれたたまま、操たちは立ち上がった。

御幸橋から一番電車に乗り、まだ夢現の中にいるように揺られた。あのいつもの初老の運転手が運転する、背中に赤黒いケロイドの傷がある電車に。その光らない蛍の夢電車は、背中に黄金の光を受け、川を溯った。操と彼を暫しの眠りに誘いながら。

鐘の音色で目覚めると、操は彼に手を振りながら途中で電車を降りて、小母の寺院に戻り、眠った。

昼前に起きると、産婦人科に電話して人工受精をキャンセルした。

16

翌日、正装に着替えて、操は彼の実家を訪れ、彼の両親に挨拶をした。

が、歓迎してくれたのは、最初だけだった。一度、行水を借りた時に、操は彼の母に、背中の牡丹を見られてしまったのだ。

庭の鹿威しの音が、桶の水面に幾つもの波紋を拡げてゆく。

「被爆？」

「ええ、赤ん坊の頃に……」

「帰ってくださる？」

「え？」

「お交際いはもうこれっきりに。息子を被爆者と結婚させるわけにはまいりません」

「どうしてですか？」

「放射能の影響は、代々遺伝するんでしょう？」

「それは……。でも、健康で生まれてくる赤ちゃんも大勢いるんです。たとえ重い貧血があっても、しっかり育てます」

「子供が将来苦しむのが分かってて、それを望む親や祖母がどこにいますか……。貴女、自分が苦しんで来て、その苦しみを自分の子供にも押しつけようっていうの？」

「でも……、私は子供が欲しいんです。生みたいんです。武司さんも賛成してくれてます」

「息子は貴女に誑《たぶらか》かされてるだけよ。いざ生まれたら後悔するに決まってるわ」

「後悔……？」

「あなたのお友達も自殺したそうじゃないの、ケロイドと原爆症に苦しんで……。私は息子や孫に自殺されるのは真っ平ですよ」

「自殺……、確かにそれは私も何度か考えたことがあります。私は今までこの醜いケロイドを恥じ、原爆症の貧血で随分苦しみました。なんでこんな体になったのって、生まれて来たことを、親を恨んだこともあります。でも今は生まれてきて良かったって思っているんです。私が生きて来たことは意味があったって、これから生き続けることも意味があるんだって、人はどんな体で生まれてこようと、幸せになれるんだって、思えるようになったんです」

「生まれた赤ん坊が幸せになれる保証がどこにあるのよ。あなたは子供より先に死ぬのよ。無責任よ」

「子供は病気になって苦しむかもしれません。私は出来る限り手助けしたいけど、それは及ばないかもしれません。でも後は、その子が自分で切り抜けていくしかないんです。幸も不幸もそれはその子次第です。被爆二世、三世という事実だけは、子供が自分で背負ってゆく他ありません」

「そんな……」

「お義母様が反対されても、私は武司さんの子供を産みます。これは二人の意志です。命を、たとえそれがどんな命でも、私は未来へ自分の遺伝子を伝えることを望んだんです。命を繋ぎ、魂を未来へ運ぶこと、それが私の使命なんです」

「――勝手にしなさい！」

武司の母親はピシャリとガラス戸を閉めた。その振動で、行水の桶の波紋が、針のように立ち、バラバラに壊れて水面を破って落ちていった。

しかし、操も彼も諦めなかった。操と彼の人生なのだから――。

17

秋、紅葉谷公園が鮮やかな深紅に彩られる頃、操達は、宮島の厳島神社で挙式した。結婚式には彼の両親や親戚は誰も来なかった。出席してくれた親族は、操を育ててくれた小母と和尚だけだった。

但し、アメリカから航空便で、純白の牡丹の花が贈り届けられた。

「この白牡丹は、どなたから？」

「お前の伯父さんじゃ。じゃが、白血病でな……、来れんようになったんじゃ。お前の花嫁姿を一目見たかったじゃろうに……」

と和尚は悔やんだ。

操は自分に実の伯父がいたなんて初めて知った。どうして今まで知らせてくれなかったのだろう。いや、大体想像はつく。伯父様もおそらく被爆をし、姪に心配をかけまいとしてわざと知らせなかったのだろう。

それ以上、和尚にも詳しいことは訊かなかった。言えないほど深い事情があったのだろう。操だって、背中の牡丹を殆ど隠して生きてきたのだから。

18

二人だけの新婚生活は長くは続かなかった。

翌年の夏、操は病室で酸素吸入器をつけていた。

初老の医師は、操と夫に告知した。

「白血病がだいぶ進行しとる。このままじゃ、母体がもたん」

「いいんです。どうせ長くないなら、子供だけは産んでおきたいんです。私が生きた証を、この世に残したいんです」

と操は荒い息で医師に言った。

「先生、お願いします」と夫も操の手を握りながら頼んだ。

「しゃあないのう……」

——熱い、体が焼けるように熱い。暑い、蒸し暑い。真夏の暑さだ。乳が欲しい。母の乳が。蝉の声が喧しい。

陽炎がゆらゆらと立ち上り、風景が揺れる。ぎらつく太陽が、白日の闇の中で爆発した。閃光が目を焼く。体を、背中を焼く。原爆の大音響だ。業火に包まれ、気を失い、気が付くと、もはや蝉の声は一切せず、すべての生き物が死に絶えたように、川のせせらぎだけが聞こえた。その流れの中から、

「みさお……みさお……」

と呼ぶ声がした。柔らかく懐かしい声だった。

「誰？　お母さん？」

その声は、川を下り、海へ遠ざかってゆく。潮騒のリズムで、さらに深海に潜ってゆく。

「ゆりあ……、百合亜……」

母の名を呼ぶ声がする。誰だろう。軍服姿。特攻隊に征った父だろうか。

「お父さん？」

海底の爆発音。砕ける高い波の音。うねるような海水に溺れる操。

そして、赤ん坊の泣き声がした。

「無事生まれましたけえ、女の子。ほら、肌がすべすべで、きっとお母さん以上に綺麗な娘さんになりますよ」

と看護婦が、意識が朦朧とする操と、頭を何度も下げて嬉し涙を流す夫に告げている。

「名前は、美しい砂浜で結ばれたから、美砂子、はどう？」

「ええ、いい名前だわ。綺麗な潮騒の響き……」

ふうー、と操は深い溜め息を吐いた。体の力が抜けて行く。

「操、どうした」

「疲れたわ……。そろそろ……、お別れみたい」

「何言ってるんだ、操」

「私が死んだら、亡骸を川から海に流して」

「え？」

「川辺で亡くなった母さんと海の底にいる父さんに会えるかもしれないから」

「操、死ぬな。生きるんだ。生きてこの子を、二人で育てよう」

「御免なさい。もう私の背中に張りついたどす黒い死神は、それを許してはくれないみたい……」

操の体内に残された最後の蛍の光は、もう燃え尽きたようだった。

「さよなら、あなた……」

「操ー！」

19

寺の暗い鐘の音が耳朶と鼓膜を揺らし、念仏が聞こえる。懐かしい声、和尚様の声だ――。蜩《ひぐらし》の鳴き声が木陰に木霊する。

川のせせらぎが聞こえる。冷たい水、暑い夕方にはとても気持ちいい川の水。あ、灯籠に明かりが灯る。ほんのり暖かい。そのまま、私は、川面に流される――。

太田川の支流元安川を流れる私。無数の灯籠に込められた魂と一緒に。水に濡れて川面に拡がる私の黒髪。

――母さん……、母さんはこの川を流れて、父さんに会いに行ったのね。私も会いに行くわ、蒼い海底に沈んだ父さんに……。父さんは母さんの灯籠の手紙を受け取ったかしら。まだ受け取ってないなら、私が届けてあげる。私の真っ白い背中に深く刻まれたケロイドは、母さんの無念の死を伝える原爆の赤黒い文字。私は被爆者の魂を背負って川面を流れ、深い海の蒼さに溶け込んでゆくの。きっと海蛍が、燃え尽きた私の背中の赤黒い蛍文字をくっきりと照らして出してくれるわ――。

遠い海鳴りが近づいて来る。潮騒――。

「ほらママが流れてきた。ママの灯籠だよ、操」

夫の声だ。そして赤ちゃんの可愛い声。

「ばぶ、ばぶ、ばぶ……」

「ああ、海蛍がママを包んで、沖へ運んでゆく。ママの体、蛍みたいに光ってるね。とっても綺麗だねえ……」

「ばぶ、ばぶ、ばぶ……」

蒼い海蛍が、私の魂を包んで、沖へ導き、深い海の底へ、父の元へ、きっと運んでくれる——。そう、私は信じている……。

操は美しい裸体のまま川面に仰向けに浮かび、黒髪を水面に拡げ、まるで生きているかのように微笑みを浮かべて、灯籠を抱き、海蛍に包まれて光り輝きながら、遙かな大海原へ向かって厳《おごそ》かに流れていった。

第二章　牡丹

1

頭上で、幽かに風を切る音がした。嫌な予感がして天を見上げると、黒い雨が降って来た。

闇が凛太郎の目を覆った。金属が額に当たって、闇の奥で火花が散り、ブリキのバケツが地面にガラガラと転る音がした。頭から被った黴臭い墨汁と額から流れた血が目に入り、よく見えない。中庭の二階の窓から、嘲るような生徒達の笑い声がした。

「すまんのう、そげえなとこ歩いとるけえ、どぶネズミと間違えたんじゃあ」

「高こう澄ました自慢の鷲鼻が潰れてしもうたのう」

「ちょうどええじゃろう、日本人に成れて」

「序でに目ん玉も黒目に染めたらどうじゃ、この非国民があ」

水道で洗っても、墨は中々落ちない。髪の毛や学生服から墨汁を滴らせながら、凛太郎は、帰り道で家路に着きながら、考えた。

ドイツでは、何の罪もない大勢のユダヤ人が差別的待遇を受け、強制収容所に送られているという。芸術や知性や商才に長けた一部の優秀なユダヤ人に対するヒトラーの個人的な劣等感や被害妄想が原因だろう。だが、その妄想を盲信する多くのドイツ人が存在することはもっと恐ろしい。

そのドイツを、日本はイタリアと共に支持している。来年には、日独伊三国同盟が成立する気配だ。従って日本の生徒も、ヒトラーを真似てイタリア人とドイツ人以外の外国人を差別し排斥しようとしているのだろう。もともと日本人は、同族意識が強く、風変わりな容姿や思想の自由を認めない風潮がある。それがいじめの原因だろう。

凛太郎が、玄関の格子戸を開けると、濡れ鼠になった兄の姿を見て、妹の百合亜が驚いた。

「どうしたの？　お兄様…。額から血が。お母様、お兄様が大変」

母の麻里亜が奥から出てきた。

「まあ、凛太郎、一体どうしたんです？」

「本を読みながら考え事をして歩いていたら、木に頭をぶつけて、どぶに落ちたんだ」

「じゃあ、その髪の毛は？　墨みたいだけど」

「習字の墨を磨《す》ってたら、飛び散ったのさ」

「そう？」

母も妹も半信半疑だ。広島に引っ越して来てから、毎日どこかに傷を作って帰宅しているから、学校でいじめられているんじゃないかと疑っているのだろう。

しかし、そんなことは口が裂けてもいえない、僕のプライドが許さない、と凛太郎は思った。悪いのは彼奴らだ。日本人になるために鷲鼻を低くしたり、茶色の目を黒目にしなくても、僕は日本人なんだ――。

「母さん、僕の顔は、どうして日本人と違うのかな」

「え？　それは……それはねえ、凛太郎のお父様がドイツ人だからよ」

「ドイツ人じゃなくて、ユダヤ人じゃないの？」

「さあ、私は西洋人の区別が余りつかないから…」

母は誤魔化した。

「僕の父さんってどんな人だったの？」

「うーん、物理学者だけど、学問のことは難し過ぎて母さんには解らなかったわ。ただ、羊みたいに優しくて善良な人だった」

羊みたいに優しくて善良な人か――。

凛太郎には、一人だけ思い当たる人がいた。

「名前は？」

「それは内緒。約束なの。本名は誰にも明かさないって」

「いつ日本にいらしたの？」

と百合亜が訊いた。

「今から十七年前、大正十一年の秋よ」

それは、ちょうどノーベル賞を受賞したアルバート・アインシュタイン博士が来日していた時期だった。母は当時、深川で芸者をしていたという。もしかしたら、その時母さんは、アインシュタイン博士に恋をしたのかもしれない――。

と凛太郎は思った。凛太郎はその翌年の夏に生まれたのだ。

「父さんは今どこにいるの？」

「さあ、来日してすぐドイツへ帰国してしまわれたから、分からないわ」

「じゃあ、今頃、どこかへ亡命したか、強制収容所行きだね」

「縁起でもないこといわないで」

「僕も百合亜みたいに黒い目と黒髪で生まれて来たかったなあ。それなら純粋な日本人になれる」

「そんなの気にしちゃ駄目よ。お兄様の茶色の目も高い鼻も百合亜は大好きよ」

と百合亜は麗しい瞳を潤ませた。

凛太郎を未婚で生んだ後、母麻里亜は総理官邸の衛視と結婚した。その衛視の連れ子が百合亜だ。百合亜の父親は、三年前の昭和十一年二月二十六日、雪の降る日に首相官邸を占拠した青年将校に殺害された。

凛太郎一家はそれ以来東京から逃げるように暫く京都へ住み、さらに都落ちして広島市の片隅で、肩を寄せ合ってひっそりと暮らしていた。

日本の情勢はそれ以後急速に軍部が台頭し、暗殺とクーデター未遂の処分を受けた青年将校が今や立派な日本男児だと崇拝され、首相を守ろうとした百合亜の父が、逆に非国民呼ばわりされる始末であった。

「百合亜、僕も百合亜の黒髪や黒い瞳が好きだよ」

「ふふ、何言ってるの、兄妹で…。百合亜には許婚がいるのよ」

と母が笑った。

「私、兵隊さんのお嫁さんにはなりたくない」

百合亜は母親から目を逸らし、凛太郎に流し目を送った。

「どうして？　沖田さんは将来きっと日本を背負って立つ偉い将校さんになるわ」

「凛太郎兄さんよりも？」

「凛太郎と同じくらい。そうよねえ、凛太郎」

「ああ、沖田は、勉強でも軍事教練でも僕といつも一等を競っている」

「そうなの、二人はライバル…」

「そんなこと気にしないで、百合亜は沖田さんに嫁ぐ日までちゃんと花嫁修業をして、凛太郎はしっかり勉強してお父さんみたいな立派な学者になりなさい」

　その頃ヨーロッパでは、今まさにヒトラーが第二次世界大戦を起こそうとしていた。日本も既に満州を占領して日中戦争に突入し、東南アジアや南太平洋への侵略を目論み、アメリカとの関係が拗れ始めていた。

　そんな不穏な空気の漂う中、アメリカから一通の手紙が届いた。凜太郎の父の友人でミラーという人からだった。父は数年前ドイツからアメリカに亡命しており、凜太郎ら家族を呼び寄せたいらしい。しかし、旅費が十分でなかったので、母と百合亜は広島に残り、結局凜太郎一人だけ渡米することになった。

「凜太郎、お前は頭がいいんだから、お父さんの下でしっかり勉強するんですよ」

「はい、一人前の学者になったら、迎えに来ます」

「凜太郎お兄様、百合亜待ってるから」

「うん、沖田と仲良くな」

「お兄様……」

百合亜は眉を寄せ、悲しそうに目を潤ませた。

「じゃあ、さよなら、母さん、百合亜」

汽笛が最後の言葉を掻き消した。

そうやって紅川凛太郎は１９３９年昭和１４年、１６歳の時、アメリカへ向けて旅立った。しかし、それが永遠の別れになるとは、その時凛太郎も、そして麻里亜や百合亜も、思ってもいなかった……。

2

サンフランシスコの港に着いて、大陸横断鉄道に乗り、ニューヨークに着くと、父の友人のミラー博士が凛太郎を出迎えてくれた。しかし、父の姿はどこにもなかった。

「父はどこに」

「秘密の場所です。ドイツから亡命した我々ユダヤ人科学者は、このアメリカにいても常にナチスに命を狙われています。お父上は特に危ない。だからすぐには会えません。貴方がお父上のご子息だとナチスに分かれば、貴方までお命を狙われかねない。ですから、暫くアメリカの生活に慣れてアメリカ人のふりをして下さい。お父上とはいずれ近い内にきっと会えます」

凛太郎はシニアハイスクールでＩＱテストを受けた。すると教師は天才だといって驚いた。彼は飛び級ですぐプリンストン大学への入学を許可された。大学では、宇宙物理学の特別な講義があった。相対性理論を論じるその講師は、羊のような顔をしていた。まさに雑誌で見たアインシュタイン博士の写真にそっくりだった。講義が終わった後、凛太郎は公園で博士を呼び止めた。

「お待ち下さい、アインシュタイン博士」

「人違いだ。私はホワイトシープだが」

ヒトラーはアインシュタイン博士の首に莫大な賞金をかけていた。暗殺を恐れて偽名を使っているに違いない、と凛太郎は思った。

「でも以前雑誌で見たお写真に面影が似てらっしゃいます」

「他人の空似だ。それより君は誰かね」

「僕は日本から留学した紅川凛太郎といいます」

「日本から？　紅川……、お母さんの名は」

「紅川麻里亜です」

「麻里亜……」

博士は遠い目をした。

「母は深川で芸者をしていました。もしかして、母をご存じなんですか？」

「いや、昔日本に旅行したことがあるんでね、ちょっと懐かしくなっただけさ」

「僕の父も十七年前に来日したそうです」

「お父さんの名前は？」

「名前は分からないのですがユダヤ人物理学者だとか……」

「ほう、ユダヤ人物理学者は大勢いるからねえ……」

「母は、ドイツに帰国した僕の父親がアメリカに亡命してプリンストン大学にいるから、訪ねなさいと。だから、僕はアルバート・アインシュタイン博士が父ではないかと……」

「――それは……、お母さんの妄想じゃないかな」

「え？」

「或いは願望かな。アインシュタイン博士は夫人同伴で訪日された筈。それに、講演で忙しくて、芸者と遊ぶ暇などなかった筈だ」

そういわれてみれば、ノーベル賞を受賞した世界的に有名なアインシュタイン博士との恋は、密かな母の願望だったのかもしれない。しかし、ではなぜ、自分がこの世に存在しているのか、本当の父親は誰なのか、と凛太郎は首を傾げた。

「ところで、その若さで大学生とは、君は相当優秀なんだね」

「博士ほどではありません」

「私は子供の頃は劣等生だったよ」

「ご謙遜でしょう。僕は博士の相対性理論の講義を毎回聴講しております。博士の説明は宇宙物理学というより、何か奥深い哲学が感じられます」

「ふふ、そうか、私の講義を聴いてくれていたのか。凛太郎君、君はいい目の輝きをしているね。私の若い頃にそっくりだ」

ホワイトシープ博士は、羊のような柔和な笑顔で、理科と数学以外全く勉強しなかった劣等生時代の話してくれた。

凛太郎は、この人が本物のアインシュタイン博士だと確信していた。そして、もしかしたら、この人こそ自分の実の父親かもしれない。ぼくが暗殺の巻き添えになるのを避けるために、あえて父親だと名乗らずにいるのではないか、とそう凛太郎は思った。

二人は、話が弾み、日が傾くまで公園の池の周囲を歩いた。

「博士、科学とは何ですか」

凛太郎は夕日に輝く空を見上げながら尋ねた。淡い月がうっすらと昇り始めている。

「この世界の背後には、深く隠された何かがあるはずだ。科学とは、自然や宇宙の中に神の法則を見つけることだよ」

「神の法則？　でも科学は神を否定してきたのではないですか？」

「確かに、科学はあらゆる宗教の神を否定してきた。神などこの世に存在しない、神は人間が作り出した単なるイメージに過ぎないと。しかし科学の神は存在するんだ」

「科学の神とはなんですか」

「それはこの世界が、全宇宙が、ある一定の法則で動いているという事だ。

その一定の美しい法則を科学者は神と呼ぶのだ」

「美しい法則が、神」

「私も神に出会った。光という神に」

「それは光がこの全宇宙で最も速くかつ一定で時空間は相対だという理論ですか」

「そうだ。アインシュタインの見つけた神だ。そして科学者の使命は、その神の美しい法則を人間の幸福に役立てることだ」

「人間の幸福に？　素晴らしい。僕も科学を人間の幸福に役立てたいと思います」

「うむ、その意気だ」

その時、斜め後ろの鏡のような池の水面に映る木陰から、鷹のように鋭い目の男がぬっと半分だけ顔を見せ、無気味な声で囁き始めた。

「何が人間の幸福だ。大嘘つきめ……」

「ブラックバード……」

ホワイトシープ博士はやや狼狽した。

「ノーベルの発明したダイナマイトは戦争に使われ多くの人を殺した。ミサイル、戦車、爆撃機、毒ガス……、科学は神どころか悪魔の法則によって兵器を生み出したではないか」

「人殺しはいかん。たとえ正義の名の下に行われようと戦争は絶対許されない」

ホワイトシープ博士の意見に凜太郎も賛成した。

「そうですね。僕もたとえ天皇や大統領の命令だろうと、人殺しは絶対しません」

「ふふ、口先だけさ。人間追い詰められれば、どんな聖人君子も人を殺す」

「ブラックバード、気分が悪くなるからあっちへ行ってくれ。私はこの少年と明るい未来を語りたいのだ」

「明るい未来？　ふん、醜い現実を無視し、臭いものに蓋をして自分たちが善良だと思うのは大間違いだ。もうすぐ分かるさ、自分が何者か、そしてお前達の築く明るい未来とはどういうものか、ふふふ」

蝙蝠《こうもり》の高い鳴き声がして、その羽ばたきと共に、彼は夕暮れの闇の中に消え去った。

「あの人は一体何者ですか」

「気にしないでくれ。私の身辺警護をしている者だ。時には私の影武者になる」

「影武者？　そういえば、博士に面影が似てましたね。でも恐ろしい目付きだった」

「物影にいすぎて性根が腐ってる。彼は日の当る場所を歩ける私が羨ましいのだ」

3

翌週から、ホワイトシープ博士は講義を休んだ。
一体どうしたんだろう、病気でもされたのだろうか、
凜太郎は心配になり、大学で博士の住所を訊いたが、秘密だと言って教えてもらえなかった。
その翌週、ホワイトシープ博士は大学に来て講義を始めた。相対性理論の講義内容は相変わらず深みのあるものだったが、普段とはどこか様子が違っ

ていた。柔和な笑顔が消え、目付きがきつく、凜太郎が近寄って声をかけても無視し続けた。

顔は同じだが、まるで別人だった。

その夜、凜太郎は裏通りで偶然、黒いコートを羽織った博士を見かけた。

「ホワイトシープ博士！　待って下さい。僕です。紅川凜太郎です」

「私はブラックバードだが？」

「あ、すみません。あのー、ホワイトシープ博士はどちらに」

「ふん、アルバートのことか」

「やはり、ホワイトシープ博士はアルバート・アインシュタイン博士だったんですね？」

「ああ、白い羊はあいつのニックネームさ。だがアルバートは、死んだ」

「え？　アインシュタイン博士が亡くなられた？　信じられない。どうして……、まさかナチスの工作員に、暗殺……？」

「いや、自殺だ」

「自殺？　そんなの、嘘だ……」

「本当だ。だから私はこうやって一人で出歩いてるんだ。死んだ人間のボディガードをする必要はないからな、ふふふ」

そういって足早に立ち去るブラックバードの跡を凛太郎は尾けた。彼は蝙蝠のように暗く狭い路地を抜けて、ある裏ぶれた廃屋の地下室に入った。

ギーッと軋む古いドアを開けると、蝙蝠が天井を飛び回っていた。奥のランプの灯る部屋に、２、３人の人影があった。

「あ、ミラーさん！」

「凛太郎君……、こんなところで何をしているんだ」

「いや、道に迷ってしまって…」

「早く帰りなさい。ここは子供の来るところじゃない」

「いや、このアジトを見られてしまった以上、このまま帰すわけにはいかない」

とブラックバードは恐ろしい目で睨んだ。

「しかしアインシュタイン博士……」

「アインシュタイン博士ですって？　ミラーさん、どういうことですか、この人はホワイトシープ博士の影武者でボディーガードのブラックバードさんでしょう？」

「いや、それが……」

「私はホワイトシープの双子の弟だ」

「双子の弟？　アインシュタイン博士には妹さんしかいなかった筈。双子の
弟さんがいたなんて聞いたことがありません」

「そりゃあそうだろ、秘密だからな」

「秘密？　どうして」

「相対性理論を生み出したのは、兄と私の共同作業だったからさ」

「じゃあ、なぜお兄さんの方だけノーベル賞を受賞なさったんです」

「日の当る場所を譲ってやったのさ」

とブラックバードは無気味に微笑んだ。

「教えて下さい。ホワイトシープ・アインシュタイン博士がなぜ自殺をした
のか」

「ふふふ、ＥイコールＭＣ二乗、即ちエネルギーが質量と光速の二乗に比例

するという公式の真の意味に気づいたからさ」

「真の意味？」

「兄はあれが全宇宙を支配する光り輝く神の公式だと思っていた。ところが、実はあの公式がこの世を、地球を暗黒にする悪魔の公式だということに気づいたのさ」

「地球を暗黒にする悪魔の公式？」

「未来を閉ざす死神のな」

「嘘です。アインシュタイン博士は未来を信じていた筈です。科学の輝かしい未来を。そんな博士が自殺するなんて……」

「ふん、科学の輝かしい未来？　そんなものありはしない。科学は今まで戦争の道具を作り続けて来た。そしてこれから天上に垂れ下がり全世界を恐怖に戦かすダモクレスの剣を作り出そうとしている」

「天上に垂れ下がるダモクレスの剣？」

「シラード博士らの説得で、その悪魔の剣を作る計画をルーズベルト大統領に進言した手紙に兄は署名した。それを気に病んで兄は自殺したのだ。私は兄の意志を継いでその計画を実行に移さなければならない」

「それはどんな計画なんです」

「ふふ、来れば分かる。天才少年の君なら量子論や原子核物理学も理解できるだろう。特別に君にも参加を許可する。さあ、闇の世界の天才達に引き会わせてあげよう」

ブラックバード・アインシュタイン博士とミラー氏に付き添われ、凛太郎はある地下の研究所へ連れて来られた。そこで、シラード、ボーア、フェルミ、オッペンハイマーら、世界的に有名な科学者たちに紹介された。

それから、凛太郎は、三カ所の砂漠の地図と設計図を見せられた。

「これは、何ですか」

「ウランの分離濃縮工場とプルトニウムを製造するための原子炉。そして原爆製造研究所だ」

「原爆？　そんなものが本当に可能なんですか？」

「理論上はな。理論で可能なら実現できる筈だ。君もナチスが去年、核分裂実験に成功したのは聞いてるだろう」

「ええ、知ってます」

「その核分裂の連鎖反応を利用した原子核爆弾の製造に、ナチスがもし成功したらどうなると思う？」

「世界は独裁者ヒトラーの手に落ちます」

「だからそうなる前にナチスよりも早く我々が原子爆弾を作る必要があるんだ」

「そのために、この実験施設を建設するんですか」

「ああ、君も協力してくれるね、天才少年紅川凛太郎君」

「え？　でも」

「世界平和のためだよ」

「世界平和……分かりました。僕でよければ、お手伝いさせて下さい」

こうして凛太郎は原爆製造を手伝うことになった。大人の科学者たちは、凛太郎のことをリトルボーイというニックネームで呼んだ。

「リトルボーイ、ほら見てごらん、この少量のウランやプルトニウムに中性子を当てれば、連鎖反応によって莫大なエネルギーを放出する原子爆弾ができる」

原子爆弾、それがどれ程威力のある物か、その時の凜太郎には想像もつかなかった。

それから数年、ウラン諮問委員会は、やがて国防研究委員会に吸い上げられて、原爆開発のための莫大な秘密予算を議会に追求されないようカモフラージュするため、陸軍へ移管され、グローブズ准将を責任者として陸軍工兵管区内に原爆開発計画特殊任務管区が設置され、マンハッタン工兵管区ＭＥＤいわゆるマンハッタン計画と呼ばれるようになった。

テネシー州オークリッジでは２万４千人の作業員でウラン濃縮工場を建設してウラン２３５を生産し、ワシントン州ハンフォード砂漠では５万人の作業員で原子炉を３基、さらに予備を１基建設してプルトニウム２３９を大量生産し、原爆製造に十分な量を確保するまでになった。

それらはやがて、ニューメキシコ州ロスアラモスのアラモゴード砂漠の原爆製造研究所に集められる予定になっていた。

その砂漠の研究所にブラックバード博士とミラー氏に連れて来られた凜太

郎は、所長のオッペンハイマー博士に引き合わされた。

「君が天才少年か、宜しくリトルボーイ」

「こちらこそ、オッペンハイマー博士にお会いできるなんて、光栄です」

凛太郎が握手をしていると、ブラックバードとミラーは、研究所の外へ出て行った。

「あ、ブラックバード博士、ミラーさん、どちらへ」

「私達の役目はもう終わった。後は君が引き継ぎたまえ」

二人は、そういって砂漠の夜の闇へ忽然と消えた。

こうしてウラン濃縮とプルトニウム製造、そして原爆製造は急ピッチで進められた。

4

が、その間、日本とアメリカでは、大変な事態が・起きていた。

１９４１年昭和１６年１２月８日（アメリカ時間１２月７日）、ハワイの真珠湾が日本軍の戦闘機に奇襲攻撃され、数千人のアメリカ兵が死傷した。とうとう日本とアメリカが太平洋戦争を始めたのだ。

凛太郎は、心が引き裂かれるような思いだった。

やがて日本はミッドウェー海戦で敗れ、制海権を失って以降、アメリカの圧倒的な兵力によって次第に不利な戦況に追い詰められ、侵略した東南アジアの島々や太平洋諸島を次々に失っていった。そして１９４５年昭和２０年３月、東京を始め各都市が空爆され、ついにアメリカ軍は沖縄に上陸した。本州にアメリカ軍が上陸するのは時間の問題だった。

広島の母さんと百合亜は大丈夫だろうか、と凛太郎は心配だった。

5

その頃、ホワイトハウスに、ルーズベルト大統領を訪ねた男がいた。

国務長官は大統領にその旨を伝えた。

「ルーズベルト大統領、ホワイトシープ博士が至急面会したいと」

国務長官の言葉を遮るように、ホワイトシープが顔を出した。

「お久しぶりです。ルーズベルト大統領」

「自殺した筈の人間が姿を現しては不味いんじゃないかね？　ホワイトシープ博士、いやホワイト・アインシュタイン博士」

「原爆完成間近と聞いてはうかうか棺桶に入って眠っていられませんからね。それにどうせ私も貴方も影武者なんですから」

「ふん、君の場合はもう一人影武者がいただろう。ブラックバードはどうした」

「彼は今、砂漠の蟻地獄の中です」

「ふん、今度は彼が神隠しに遭い、君が蘇ったわけか。で、私になんの用かね」

「ルーズベルトいやルーズ大統領、マンハッタン計画を中止して下さい」

「ふん、何をいってるんだ。そもそも原爆製造を私に勧めたのは君じゃないか。ナチスの暴挙を阻止するために、何十万もの人間を一瞬にして焼き殺す悪魔の、いや正義の爆弾を作れと。その君が計画を中止しろとはどういうことかね」

「ナチスは、既に原爆製造に失敗しているそうですね、実験用原子炉や重水工場も既に空爆で破壊されたと聞きました。もはやナチスに原爆を作る能力はない。あなたはそのことを私達科学者に隠していましたね」

「ふん、知っていたのか。ナチスに対抗するという目的意識があった方が早く原爆が完成するだろうと思ってね」

「ナチスの原爆の脅威がなくなった今、アメリカも原爆製造はやめるべきでしょう」

「ふん、アインシュタイン博士、原爆開発に今までどれだけの国費を使ったのか、知っているのかね。あと三つの原爆を完成させれば、２０億ドルは越える」

「お金の問題ではなく人命の問題です」

「味方の人的損害を最小にする完全勝利のために原爆を開発してきたんだ。今まで６年の歳月と数千人の科学者の知恵と莫大な予算を費やして、このまま何の成果もなしに中止できる筈がないだろう」

「成果はもう出ています。核分裂で巨大なエネルギーが得られることがほぼ実証できただけで十分でしょう。原爆が完成すれば世界を破壊しかねません。だから去年ボーア博士は今すぐソ連にこの計画を知らせ、国際的な核管理体制を築き、世界平和を確立すべきだと提言した筈ですが」

「ああ、確かに以前ボーア博士もそんな馬鹿な事を言って来た。私とチャーチルの影武者の前でな。だから諜報部にはすぐにボーア博士を２４時間監視下におき、怪しい素振りがあれば即刻拘束せよと命令してある。彼は、ソ連にマンハッタン計画を密告しかねない危険人物だからね」

「なんてことを」

「ふん、我が国とイギリスの間で既に核爆弾の独占的秘密協定が結ばれているのに、わざわざソ連にその分け前を与えてやる必要はない」

「それでは何れ《いず》軍拡競争が始まり、世界は核戦争の恐怖に脅えることになります」

「だからこそ先に核爆弾を作っておくのさ。アメリカが世界を牛耳るために」

「それではナチスの第３帝国の野望となんら変わりない」

「ふん、ナチスは悪の独裁国家を妄想したが、アメリカは自由と正義を世界へ広めようとしているだけだよ」

「詭弁だ。あなたは正義の仮面を被ったヒトラーだ」

「私がヒトラーだと？　馬鹿な、ヒトラーと同類なのは、ムッソリーニや東条英機だろう。たとえイタリアやナチスドイツの脅威がなくなっても、まだ軍国主義国家日本が残っている。日本も密かに原爆を作っているそうじゃないか」

「日本の原爆製造はウラン分離の実験段階で空襲で阻止されてます。元々日本には原爆開発の資源も資金もないのです」

「いや、そもそも日本は真珠湾奇襲攻撃をした卑劣な国だ。そういう卑劣な国には原爆で思い知らせるのが一番だ」

「卑劣なのはあなたでしょう。日本がアメリカに勝てないことを太平洋戦争が始まる前からアメリカ政府は知っていた。真珠湾攻撃も、あなたは事前に暗号を解読して知っていた筈です。あなたはハワイの数百人のアメリカ兵を見殺しにした。日本が侵略したアジアの領土をアメリカが奪い取り、植民地化するために」

「黙れ。君は日本の味方をするのかね。そういえば君は日本に恋人がいるそうだね」

「関係ありません」

「日本と交信して原爆製造の仕方を教えたのは君ではないか、という噂がある」

「まさか。私は日本の学者と理論物理学の話をしただけです」

「衛兵、ホワイト・アインシュタイン博士をスパイ容疑で逮捕しろ！」

衛兵に銃剣を突き付けられ、ホワイトシープ博士は手錠を嵌められた。

「あなたが私をスパイとして逮捕するなら、私はあなたを告発し、暗号を知りながら真珠湾のアメリカ兵を見殺しにしたことを公の場で暴露します。あなたこそアメリカの裏切り者だ」

「何だと？　貴様ー、グッ…、」

怒りで血圧が急激に上昇したルーズベルト大統領の影武者は、顔を紅潮させ手を震わせながらその場に倒れた。

「ルーズベルト大統領！」

国務長官は速やかに救急車を呼んだ。

影武者ルーズ大統領は病院に運ばれたが、懸命の治療も空しく脳出血で亡くなった。同時に、本物のルーズベルト大統領も表舞台から去った。

自動的に、トルーマン副大統領の影武者トルマ大統領が大統領に昇格し、職務を遂行することになった。

ルーズベルトの葬儀を終えた後、トルマ大統領は、暗い拘置所のホワイトシープ博士を訪ねて言った。

「アインシュタイン博士、いやその影武者のホワイトシープ博士、あなたにはスパイ容疑だけでなく、ルーズベルト前大統領暗殺容疑が加わった」

「ふん、影武者大統領が死んでも、また新たな影武者が現れ、すべての計画を引き継ぐというわけかね。醜い欲望の再生産だ」

「黙りたまえ。ホワイト・アインシュタイン博士、あなたはいずれ死刑だ」

牢が堅く閉められた。

6

その2週間後、ピストルの音が響いた。

1945年、4月28日にムッソリーニが銃殺され、4月30日にヒトラーが自殺した。ベルリンは5月8日に陥落した。

グローブズ少将やスティムソン陸軍長官と原爆製造の話を終えた後、国務長官がトルーマン大統領の影武者トルマ大統領に告げた。

「ナチスドイツは降伏しました」

「第3帝国の野望も潰えたか。あっけないなあ。原爆で留めを刺そうと思っていたのに、残念だよ」

「マンハッタン計画は中止しますか」

「いや、待て。日本の現状は」

「日本はソ連の仲介で休戦条約締結を狙っているようです」

「休戦条約？　ふん、虫のいい話だ。中国や東南アジア、それに真珠湾で何人も殺しておいて、今更そんなことさせるものか。ドイツの脅威がなくなった今、ソ連はヤルタ会談での密約通り、体勢を立て直してまもなく日本に宣戦布告するはずだ」

「ソ連が参戦すれば、日本は降伏するでしょうか」

「うむ、もう日本には戦う力は殆ど残っていない。東京大空襲、大和撃沈、沖縄陥落、このまま黙っていたって日本は自滅する。しかしソ連参戦によって降伏されたら不味いな。日本を敗った手柄をソ連に横取りされる。ソ連が日本に上陸する前に、アメリカが日本を敗った形にしないと」

「しかし、たとえ少数でもアメリカ兵に犠牲が出れば、選挙で不利になります」

「そうだな。九州や関東に上陸するアメリカ兵にこれ以上一人の犠牲者も出さずに勝つにはやはり原爆を落とすのが一番か」

「グローブズ少将もスティムソン陸軍長官も日本に原爆を投下すべきだと息巻いています。しかし日本に何の警告もなしに原爆を投下し、一般市民数十万人を巻き添えにして殺すのは正義の国アメリカのイメージダウンになります。従ってラルフバード海軍次官やアイゼンハワー司令官は原爆投下には反対しています」

「アメリカ軍が日本に上陸すれば百万人のアメリカ兵が犠牲になる、とデマを流せば、原爆投下を正当化できるだろう」

アメリカは既に沖縄戦で日本軍部の脅迫にも似た強制によって沖縄民衆の稀に見る抵抗に遭い、1万2千人の兵士を犠牲にしていた。上層部の計算では、九州や関東に上陸した場合のアメリカ兵の死者は4万人、負傷者は19

万人程度だと考えていた。が、それさえも机上の空論で、ソ連が参戦すれば日本が即座に無条件降伏するのは目に見えており、アメリカ軍の犠牲者はこれ以上一兵たりとも出ないと見るのが現実的であった。にもかかわらず、百万人の犠牲が出るとデマを流すとトルマはいう。イギリス首相チャーチルの影武者もデマの流布に賛成しているという。

「それは名案ですね。パールハーバーのリベンジと百万人のアメリカ兵を救うためという大義名分があればアメリカ市民も納得して原爆投下を許す筈です」

「原爆の恐怖を味わえば、日本はすぐ降伏するだろう。この世で最強の核爆弾を持つアメリカに刃向かう国はいなくなる。そのデモンストレーションには持って来いだな、原爆投下は」

「ええ、それに牛や羊の動物実験より確実な人間の人体実験のデータが取れます。軍や科学者が喉から手が出る程欲しいリアルデータが」

「大義名分に基づく人体実験とアメリカの武力の誇示。まさに一石二鳥、いや世界制覇の嚆矢《こうし》となれば一石三鳥だな。よし、ソ連が上陸する前に原爆投下をする。標的は日本だ。原爆製造を急げ！」

「は！」

7

砂漠に太陽が照りつける。１９４５年7月１６日午前5時３０分、ニューメキシコ州アラモゴードの丘、３０メートルの鉄塔上に原子爆弾が吊るされ、トリニティー実験が行われた。

「スリー、トゥー、ワン、ゼロ」

ＴＮＴダイナマイト火薬１万９千トンに相当する原爆が爆発した。

空から照りつける太陽が地球に落ちたような凄まじい光が発せられた。

「太陽の光だ」

「いや、悪魔の光だ」と科学者たちは口々に叫んだ。

猛烈な爆風が砂漠の砂を舞い上げ、数千度の熱風に焼かれて家畜が吹き飛ばされた。生き物は一瞬して死滅し、この世の終りのような光景が広がっている。

数キロ離れた塹壕に身を伏せて爆風を避けていた兵士は、天に上ったキノコ雲を見上げて呆然としている。

さらに遠く離れたコンクリートの防護壁で囲まれた研究所では、科学者たちと政府高官が歓喜の声を上げている。

「実験成功です。終に原爆が完成しました。人類史上初の原爆が」

「おめでとうございます、オッペンハイマー博士」

政府高官が握手を求めて来た。しかし、研究所の所長オッペンハイマーはヒンズー教の聖典の一節を呟いた。

「今我は、死に至るまで、世界を破壊し尽くす死神となれり……」

「ナチスは既に降伏した。この原爆の悪魔の光は使わなくてすみそうだな」

とシラードは言った。

「いや、スティムソン委員会での勧告通り、大統領はこの原爆を、ヤルタ会談の終わる8月2日以降に日本に使えと命令して来た」

「え？　日本に？　どうして。日本はもう物資も食料も底を尽き既に壊滅状態の筈。ソ連が参戦すればすぐ降伏するでしょう」

と凛太郎は他の科学者に同意を求めた。

「しかしトルーマン大統領は、ソ連が介入する前に原爆を日本に落とせと」

「ナチスが降伏した今、核爆弾の国際管理体制が整わないまま日本に原爆を投下することは、ソ連や東側諸国を刺激し、果てしない軍拡競争を招くことになる。私はトルーマン大統領に中止を要請する」

そういってシラード博士はホワイトハウスに向かった。

が、数日後に戻って来たシラード博士は、意気消沈していた。

「シラード博士、いかがでしたか？　トルーマンいや影武者のトルマ大統領は」

「駄目だった。全く聞く耳をもたない。原爆完成に浮かれて、あたかも自分が世界の支配者になったかのような顔をしていた。嫌なものを見た。あの目はまるでヒトラーが乗り移ったかのようだ…」

「オッペンハイマー博士、どうしますか」

「大統領命令には逆らえない。原爆を日本に使用するのもやむを得ない」

「そんな……。本当に日本に、原爆を？」

凛太郎は狼狽《うろた》えた。

「リトルボーイ、大統領がお呼びだ」

とシラード博士は言った。

「え？　僕なんかに一体何の用が……」

8

凛太郎がホワイトハウスに入ると、銃剣を持つ衛兵が脇を固めた。あたかも逃走を防ぐかのように。

「トルーマン大統領、紅川凛太郎博士をお連れしました」

影武者のトルマ大統領は微笑みを浮かべて凛太郎を迎えた。

「君かね、今世紀のアインシュタイン以来の天才少年というのは」

「さあ、天才かどうかは分かりませんが、少なくとも僕はもう少年ではありません。２２歳になりましたから」

「ふむ。あれから6年だからな、天才少年リトルボーイも青年になったか。それにしても若い博士だ。君は１６歳まで日本に住んでいたそうだね。日本では、天皇を神と崇め忠誠を誓う教育を受けたのかね」

「いえ、僕は違います。天皇は神ではなく、単に軍部に祭り上げられ利用されている操り人形に過ぎません。それに僕は政治に興味がないんです。物理学以外は」

「うむ、物理学だけで純粋培養された天才か。ところで君は実の父親の名を知ってるかね」

「さあ、はっきりとはまだ……」

「諜報部の調査では、君の父親は、ホワイトシープ・アインシュタイン博士だ」

「やはり。じゃあ、アルバート・アインシュタイン博士が僕の実の父親……」

「違う。ホワイトシープ博士は、アルバート・アインシュタイン博士の影武者だ」

「え？　ではアインシュタイン博士は三つ子なんですか？」

「何をいってるんだ。双子だよ。本物のアインシュタイン博士とその双子の弟で影武者のホワイトシープ博士だけだよ」

「ホワイトシープ博士の弟で影武者のブラックバード博士にも僕は会いしましたが」

「ブラックバード？　そんな者はいない」

――いない？　どういうことだ、と凛太郎は思った。じゃあ、あの砂漠の闇に消えたブラックバードは幻なのか？　それに、母が恋した相手は、来日したアルバート・アインシュタイン博士ではなく、その弟で影武者のホワイトシープ博士だったということか……。

「君が天才なのは、アインシュタイン博士の双子の弟の血を引いているからだよ。その実の父親に会いたいと思わないかね」

「もう会えません。父は6年前、ルーズベルト大統領に原爆開発要請の手紙を出した夜、自殺しましたから」

「ふふ、生きてるよ。但しホワイトシープ・アインシュタイン博士は、ルーズベルト大統領殺害容疑で既に逮捕されている」

「大統領の殺害？　そんな馬鹿な、ルーズベルト大統領は病死でしょう、脳溢血で」

「3カ月前、ホワイトシープがホワイトハウスを訪ねて会談した直後にルーズベルト大統領は倒れて亡くなられた。大統領を死に追いやった犯人は、ホワイトシープ博士だ」

「そんなの、言い掛かりだ」

「それにホワイトシープ博士にはスパイ容疑もかかっている。彼は暗号で原爆の作り方を日本軍部に教えていたのだ」

「そんな馬鹿な。ロスアラモスでの原爆製造責任者はオッペンハイマー博士です。父は原爆製造に直接タッチしておりません。独裁者や軍国主義を憎んでいる父が日本に作り方を教える筈がありません。父は正義感から、ナチスを滅ぼすために、世界平和のために原爆製造を大統領に勧めただけです」

「じゃあ、そのことを身を持って君に証明してもらおうか」

「証明？　どうやって……」

「君がその手で、原爆を日本に落とすのだ、アメリカの正義のために」

「え？　この僕が？」

「原爆投下目標は、最初は京都や横浜にしようかと考えていたが、文化遺産を守るべきという意見が出て、軍事都市広島と小倉か、あるいは長崎か新潟に決まった。天候次第だが、まず小倉か広島市内を狙う」

「広島市内？　軍事施設を狙うなら、呉市や江田島でしょう。なぜ一般市民のいる広島市内を狙うんですか？」

「ふふ、原爆が大都市をどれだけ広範囲に破壊し、どれだけ多くの人間を虐殺できるのか、試すためだよ。その方が、日本に市民や軍部への恐怖が倍増するからね」

「それじゃあ、ベルリンやドレスデンの無差別爆撃と同じだ。そんな人体実験みたいな虐殺行為は絶対許されない。僕にはできません」

「君は日系人だ。これは、アメリカに忠誠を尽くす事を証明する絶好のチャンスだ。他の日系人たちもスパイでない事を証明するために勇敢に最前線で戦っている」

「あなたは忠誠心を確かめるふりをしながら、最も危険な最前線に送って日系人を殺しているんだ。スパイであるなしにかかわらず、日系人を犬死にさせ、使い捨てることがあなた方アメリカ政府の目的なんだ。人種差別だ」

「ふん、最前線に行くのが怖いのかね」

「違います。広島には、僕の母と妹がいるんです」

「そんなことは言い訳にならない。他の日系人も日本の友人や家族を相手に戦っているんだからね。国が違えばたとえ家族でも敵だ。それが戦争というものだからね」

「広島に原爆を投下するのだけはやめて下さい」

「日本の４都市の内２つという目標はもう変更できない。そもそも君の父ホワイトシープ博士が原爆を作れとルーズベルト前大統領に勧めたんじゃないか。私はその意志を継いでいるだけだよ」

「しかし、それはヒトラーの暴挙を阻止するためです。もうナチスは降伏しました。原爆を使用する必要はなくなった筈です。日本への使用は想定外です」

「だが日本はまだ降伏していない。真珠湾を攻撃された恨みがアメリカ人にはあるんだよ」

「真珠湾攻撃をアメリカ政府は事前に察知していた筈でしょう。外交文書の暗号は既に全て解読されていた筈です。亡くなったルーズベルト前大統領も貴方も、すべて承知の上で真珠湾の数千人のアメリカ兵を見殺しにしたんだ。

あなたもそのことは知っていた筈です」

「知らないね、そんなことは」

「しらを切るんですか、トルーマン大統領。いやトルマ大統領」

「ふふ、私は影武者だからね。責任は取らないよ。日本はナチスと同等の危険な軍国主義国家だ。その証拠に中国や東南アジアを侵略した。日本軍は細菌で人体実験をし南京大虐殺も行った。こんなクレージーな民族は原爆で抹殺すべきだよ」

「でもそれは軍部が行ったことで、日本国民じゃない」

「黙って軍部に従った国民も同罪だ」

「そんな……。罪もない一般市民を数十万人も巻き添えにするなんて、それじゃあヒトラーのユダヤ人大虐殺と同じだ」

「私は正義の使者、世界の保安官だよ」

「いい加減な。そもそもあなた方アメリカ人は原住民のインディアンを虐殺してアメリカ大陸を征服したくせに。何が正義だ、何が保安官だ。自分たちこそ侵略者そのもの、虐殺者そのものじゃないか」

「粗野な原住民に文化を教えるためにある程度の犠牲はやむを得ない」

「誤魔化しだ。アメリカは民主主義の押し売りをしつつ、実は他国を侵略している」

「誤解だ。軍国主義国家日本を原爆によって破壊し民主主義国家に生まれ変わらせるのが我々の目的だ。正義そのものじゃないか」

「それは建前でしょう。本音は日本人を犠牲にして原爆の脅威を世界中に知らしめ、アメリカが世界の覇権を握ることでしょう。悪魔！」

「黙れ。私は神だ。いや神以上の力を手に入れたのだ、原爆によってな。さあ、言うとおりにしなければ、君の父親は死刑だ。ホワイトシープを連れて来い！」

衛兵に連れて来られ、ホワイト・シープ・アインシュタイン博士は冷たい床に跪いた。衣服は破れ、体中傷だらけで痩せこけていた。食事を制限され、拷問を受けているのは明らかだった。

「博士、やっぱり貴方がお父さんだったんですね」

「凛太郎……」

凛太郎は痩せ衰えた父親を抱き締めた。

「微笑ましい親子の対面だ。だが、リトルボーイ、君の返答次第で、ホワイトシープは死刑になる。父親を助けたかったら、君が日本に原爆を投下するんだ。その白い細い指で」

「嫌です。絶対嫌です」

「拒否するなら父親の命はない。君の命もだ。さらに、アメリカ中からマンザナーに強制収容された日系人家族十一万人の命もだ。さあどうする」

「卑怯だ。アウシュビッツの悲劇ホロコーストをアメリカ大統領が繰り返すのか。まさにヒトラーそのものじゃないか」

「ふん、ヒトラーよりはましさ。正義のためだからね」

「正義の仮面を被った悪魔め。僕は悪魔の操り人形にはならない」

「ふふ、君が手を下さなくても他の兵士が手を汚すさ。日本に原爆を落とす運命を変える事はもはや誰にもできない、これは神の意志だからね」

「神ではなく悪魔の意志でしょう。人間の心の底に潜む醜い悪魔の……」

——自殺したヒトラーは影武者で、本物のヒトラーは未だに生きているのではないか。それがルーズベルトやトルーマンら権力者の影武者となって生き延び虐殺行為を繰り返そうとしているのかもしれない……。

と凛太郎は思った。

「ふははは。このままではソ連が日本を攻め、さらにアメリカ軍が本州に上陸するぞ。そうなれば日本の犠牲者はもっと多くなる。原爆の被害よりもっと多くの日本人が死ぬことになるぞ」

「いや、そうはならない。ソ連が攻めてくれれば日本はすぐ降伏する筈です」

「そうとは限らない。日本の軍部は無責任で卑怯者の集まりだ。沖縄を見ろ。日本の軍部は沖縄の一般民衆を見捨て十数万人を見殺しにしたではないか。それと同じことが本州でも起こる。軍部は自分達は安全な場所に隠れて、竹槍を持った一般民衆を戦わせて見殺しにするだろう。日本の全国民が死に絶え、軍部が追い詰められて初めて負けを認めるだろう。そうなれば被害は原爆どころではない。原爆の1発や2発で被害が留まるなら安いものじゃないか。さあ、日本全土の全国民を皆殺しにするか、それとも、広島と後一つの都市の犠牲に留めるか、簡単な計算じゃないか、天才の君ならすぐ分かるだろう」

「詭弁だ。命は数の問題じゃない」

「命の数を問題にするのが戦争だ。軍国主義日本をたった1発か2発の原爆で民主主義に変えられるんだ。民主主義になれば平和になる。多くの日本人がアメリカ人と同じように自由と平和を満喫できるんだ。さあ、君の手で日本を変える事ができるんだ。君のその細い指一本で日本に明るい未来をもたらす事ができるんだよ」

「凛太郎、騙されるな。絶対ボタンを押してはいかん」

とホワイトシープ博士は掠《かす》れた声を振り絞った。

「父さん…、でも、父さんの命が……」

「私は死刑になっても構わない。私は間違っていた。ヒトラー打倒のためとはいえ、原爆を作るべきではなかった。大統領に原爆開発推進の手紙を書いた罪を償うため、私はこの命を捧げよう。しかし、麻里亜と百合亜の命だけは守ってくれ。原爆投下ボタンは絶対押すんじゃない」

「ホワイトシープ・アインシュタイン博士を死刑台に括りつけろ」

衛兵はホワイトープ博士を金属の椅子に縛り付けた。電気椅子だ。

「父さん！」

「いいことを教えてやろう。相対性理論を最初に考え出したのは、アルバートではなく、実は弟のホワイトシープ博士だったんだよ。つまり、今世紀最高の頭脳は、本物ではなく、影武者の方だったのだ。そんな貴重な人物を臆病な息子のせいで犬死にさせていいのか？」

「ぐっ、父さん……」

「8月6日、その日が君の父親の死刑執行日だ。その日、広島に原爆を投下しなければ、君はその手で父親を殺すことになる。君が今世紀最高の頭脳ホワイト・アインシュタイン博士の死刑執行人だ。そして君の指次第で、日系人家族十数万人がガス室へ送り込まれるんだ。さあどうする、リトルボーイ」

凛太郎は苦悩した。

9

8月6日の早朝、テニアン諸島からチベッツ大佐の母親エノラゲイの名前がついたB29のプロペラのエンジンがかかった。

「さあ、リトルボーイ、早くエノラゲイに乗り込め」

凛太郎は、チベッツ大佐とファイビー爆撃手に背中を押された。拒否する素振りを見せると、隊員たちに手足を抱えられながら、無理やりエノラゲイに放り込まれた。

数時間後、エノラゲイは広島上空に到達した。チベッツ大佐は命令した。

「目標、相生《あいおい》橋。リトルボーイ、原爆投下ボタンを押せ」

それは、血のように真っ赤なボタンだった。

凛太郎は躊躇し、指が小刻みに震えた。

「君はアメリカに忠誠を誓ったんだろう。スパイでないことを証明したかったら、その赤いボタンを押せ。父親ホワイトシープ・アインシュタイン博士の命と日系人家族十数万の命を救いたかったら、その真紅のボタンを押せ」

今世紀最高の頭脳である父の命と、母と妹の命、どちらが大切か、凛太郎は迷った。またアウシュビッツに収容されたユダヤ人と同様の運命にあるマンザナーの日系人十数万人の命と、原爆で即死するであろう広島市民十数万人の命とどちらが大切か、凛太郎は迷った。

――死刑になっても構わないと僕の父は言ったが、父は今後平和運動の指導者になりえる人だ。それにこの一発で日本が軍国主義から民主主義に変わり自由と平和な未来が来るなら、その方がいいのかもしれない。この原爆投下で世界がアメリカにひれ伏し今後戦争が永久になくなるなら、その方がいいのかもしれない。このボタンは僕が押さなくても、隣のファイビー爆撃手が押すだろう。何れにしても広島市民はもう助からない。それなら父と十数万の日系人家族を助けたほうがいいのかもしれない……。

そう思い、震える指で、凜太郎は紅いボタンを押した。一瞬、凜太郎は、紅い牡丹の花びらが破れて血が飛び散り、自分の手を真紅に染めたように思った。

ハッチが開き、黒光りしたリトルボーイという凜太郎と同じあだ名の原子爆弾は、遥か雲の下の広島市内に向けて落ちていった。凜太郎の母親と愛しい妹百合亜がいる広島の街目がけて真っ逆さまに――。地獄の底へ吸い込まれるように落下しながら、冷たい風を切るリトルボーイの音が、凜太郎の耳に啜り泣きのように幽《かす》かに聞こえ、纏《まと》わり付いた。

――黒い原爆、それは僕の心の底に棲むどす黒い悪魔ブラックバードそのものだ。

と凛太郎は思った。

次の瞬間、もう一つの太陽が地上に落ちたような、凄まじい光と爆音と爆風が、広島市内を襲った。

黒い原爆は赤い牡丹の花が咲いたように弾けて血塗れの花びらを散らし、白い牡丹の雲に包まれ、やがて赤黒くどす黒いキノコ雲に変わった。

「凛太郎ー……、ホワイトシープ、あなた〜」

「凛太郎兄さーん、沖田さーん……」

母と妹の声が、地上から聞こえたような気がした。

エラノゲイで遠ざかりながら、黒いキノコ雲に煙る広島の街を、凛太郎は凝視《みつ》めた。

死の灰と黒い雨が降り、ドス黒い川面に灯籠のように何か仄かに光って浮遊している。それは人魂だった。何千何万もの人魂が、川から海へ、ゆっくり流れてゆく。

「もう太平洋上に出たのに、まだ海面が無気味に蒼白く光ってる……。何だあれは」

脅えるチベッツ大佐に、凛太郎は答えた。

「あれは……、海蛍です」

「海蛍？」

「人の魂を黄泉の国へ運ぶ光です。人の恨みと悲しみの籠もった魂の灯です」

海蛍は、暗い海面を浮遊し、蒼白く輝き、彷徨う魂を包んで、いつまでも漂い続けた。

10

ホワイトハウスで、トルマ大統領は、魂の抜けたような凛太郎の肩を叩いて、微笑みながら労いの言葉をかけた。

「ご苦労だったな、リトルボーイ」

「僕はもう、リトルボーイじゃない……」

と無表情で凛太郎は返答した。

「これで君は日本の国民を軍国主義から解放し、百万人のアメリカ兵を救った英雄だ」

それは詭弁だった。原爆を落とさなくても、日本は降伏していた。アメリカが指を銜《くわ》えて黙って見ていれば、これ以上双方一人の犠牲者も出さずに戦争は終わっていたのだ。

ところがアメリカはソ連に日本の支配権を与えたくないために、世界の覇権を握るためだけに、広島と長崎の二十数万人の命を奪った。世界中がもしそのことを人道的に非難すれば、原爆を落とした責任は日系人紅川凛太郎一人に押し付けられるだろう。

しかし軍国主義から日本国民とアメリカ兵百万人を救ったという詭弁がもし通れば、原爆を投下した手柄は、隣にいたファイビー爆撃手とチベッツ大佐のものとなり、彼らは英雄視されるだろう。戦争では大量虐殺すれば英雄になれるのだ。但し敗戦国の大量虐殺は犯罪であり、戦勝国の大量虐殺は正義とみなされる。凛太郎をはじめとする優秀なユダヤ人科学者たちは、アメリカの汚い政治の道具に利用されたのだ。

「さあ、約束だ。君の父親を釈放しよう」

11

海の断崖に立つ拘置所の暗い鉄の扉が開き、痩せ衰えたホワイトシープ博士が釈放された。もう一人では歩けない程、足腰が弱っている。

「凛太郎…」

「父さん、僕は、母さんと、百合亜を……、広島市民と長崎市民を…この手で……」

「何もいうな、お前のせいじゃない。私のせいだ。私さえあの手紙を大統領に書かなければこんな事には……。この私がボタンを押したのだ、世界を破壊する悪の花の牡丹を……」

苦悩する父親に虚ろな瞳で凛太郎は尋ねた。

「父さん、一つだけ訊きたいことがあります。6年前、夜の裏通りで、父さんの影武者ブラックバードは、アインシュタインが死んだ、自殺した、といってました。でも父さんは生きていた。なぜブラックバードはあんなことを……。そして彼は今どこにいるんですか」

「あの日、私はルーズベルト大統領への原爆開発を勧める手紙に署名してしまった。それまで散々悩み私の心は千々に乱れていた。が署名をしたあの時、私は死んだのだ。それまで決して人を殺すなと平和宣言をしていた理性的な私は死んだのだ。天才だ、神だと崇められ、平和主義者の善良な羊の仮面を被っていた私の心の奥底には、ヒトラーにユダヤ人の同胞を殺された恨みがずっと潜在していた。原爆推進の署名をするかどうか迷っていた時、私の心の鏡は割れてパンドラの闇の中からその怨念に凝り固まった悪魔ブラックバードが飛び出し、私を支配したのだ。あの時私はヒトラーを恐れるあまり、私自身がヒトラーになってしまったのだ。それは元を質せば、長い間私を認めようとしなかった世間への復讐だ。子供の頃、理科と数学しか興味のなかった私は学校の成績が悪く、劣等生だと教師や友人に笑われ苛められた。その恨みが結局はあの相対性理論の悪魔の方程式と原爆を生み出す事になったのかもしれない」

「二人は、ドッペルゲンガーの表と裏の顔だったんですか」

つまり、博士と公園で科学の神について語り合ったあの時、ボディーガードに気を取られていたぼくは、ホワイトシープ博士が、無意識の腹話術を使って、正反対の性格のブラックバードに何度も豹変していたことに気付かなかったのか――、と凛太郎は、今更ながら思った。

「ああ、ホワイトシープもブラックバードもどちらも私だ。アインシュタインという一人の人間の善悪二つの心だ。善良そうな羊の顔の下に、獰猛な狼が、黒い翼の悪魔が、もう一人の私が潜んでいたのだ」

慚愧《ざんき》の思いでそう告白する父の苦悩の表情を凝視めながら、凛太郎も懺悔をした。

「僕もあの時、血のように赤いボタン押す時、僕を苛めた学校の友達に仕返しをしたいという邪悪な復讐心が沸き上がってくるのを感じました。父さんや日系人を助けたいという善意の裏に、僕は醜い欲望を隠していたのかもしれない。そして、僕が苛められるようになった原因、つまり母さんと父さんの恋愛を僕は恨んでいたのかもしれない。その無意識の恨みが、赤いボタンを押させたのかもしれない。父さんの心の闇から飛び出し砂漠の砂嵐に舞ったブラックバードは僕の背中に取り憑いたんですね……。でも、僕はどうして妹の百合亜までをも見殺しにしてしまったんだろう……」

凛太郎は分からなかった。なぜ百合亜をこの手で殺したのか――。

ホワイトシープは断崖に立ち、しばらく蒼い海を眺めていた。潮風が目に染みる。

「……百合亜に、好きなボーイフレンドはいたのかい？」

「ええ、いました。僕の親友で沖田という許婚が……」

「彼に、嫉妬を感じたかね」

「え？」

「兄としてではなく……」

――そうか、僕はライバルだった沖田に百合亜を渡したくなかったんだ。百合亜を僕一人の妹に、僕だけのものにしたかったんだ。僕は百合亜をいつのまにか愛してしまっていたんだ。兄としてではなく一人の男として、血の繋がらない妹を……。だから、僕はボタンを押したんだ、血のように紅いボタンをこの指で……。

無意識の底に隠された恋に、やっと凛太郎は気づいた。

「僕は百合亜を独り占めしたかったんですね、たとえこの手で殺してでも…

…」

「凛太郎……」

「父さん、僕の手は、血塗れです」

赤い牡丹の花びらに恐る恐る触れ、その禁断の蜜に指を浸し、その芽を摘んだ自分の手は、牡丹の真紅の花が散ったように血塗れに見えた。その赤い幻影を見ているかのように、凛太郎は手を宙に挙げて凝視め、断崖から夕焼けの海に飛び込もうとした。

「危ない、凛太郎」と父が止めた「何をするんだ。しっかりしろ、凛太郎！」

「僕はボタンを押したのです。僕の中に棲む悪魔が、純白の牡丹の花を踏み躙《にじ》り、深紅に染めたのです。僕が、母さんと愛しい妹を殺したんです。許して下さい、母さん、百合亜。そして友人達、広島市民の皆さん。ああ、でも許されない。僕は決して許されないことをしてしまったんだ……」

罪の意識に苛まれ、気が触れたように彷徨う息子を、父親は抱き竦《すく》めて、断崖から遠ざけ、涙を流しながら言った。

「凛太郎、ボタンを押したのは私だ。あの手紙に署名した時に、いや、もっと以前、相対性理論の光とエネルギーの公式を導き、神の法則を見いだしたと思ったあの瞬間、私は悪魔の公式を導きだしてしまっていたのだ。あの時、科学者としての栄光の光に包まれながら、私は既に赤い悪の花を咲かせ、ボタンを押していたのだ。血塗れなのは私だったんだよ、凛太郎……」

二人の天才科学者は、自らの罪を悔い、断崖で抱き合いながら、とめどない涙を海に流した。

遠い水平線の彼方で、二つの海蛍が、蒼白い瞳のように、父と息子を凝視めて、静かに揺蕩《たゆた》っていた。

12

戦後、凛太郎はカメラを持って、廃墟となった広島の街を訪れた。

僧侶が読経を唱えながら、太田川の辺を錫《しゃくじょう》杖をついて歩いていた。

「あの…、和尚さん、このあたりで紅川麻里亜と、百合亜という親子をみかけませんでしたか？　僕の母と妹なんですが」

「麻里亜という婦人は知らんが、百合亜という名のおなごにはこの川原で会《お》うた」

「ええ？　百合亜に？」

「ピカドンの直後、この川原で赤子を抱えた若いおなごに出会うた。そのおなごは特攻隊に行った許婚に手紙を灯籠で出してくれとわしに頼んで、息絶えた。赤子の名は操《みさお》だと言い残して」

「その子は、今どこに」

「わしの家内が育てておる」

「一目会わせていただけませんか」

僧侶の奥さんが赤子を凜太郎に見せた。それは可愛い女の子だった。鼻筋は凜太郎の親友沖田に似ており、目元に妹百合亜の面影があった。

「ほれ、この子が妹御の忘れ形見、操じゃ」

――これが百合亜と沖田の子か……。

凜太郎は手に抱いて、柔らかい命の重さを確かめた。

「ああ、背中に、赤黒い牡丹の花が」

「ああ、ピカドンで焼かれたケロイドじゃ。あの悪魔の光と炎で」

「許してくれ、操……」

凛太郎は赤子を僧侶の妻に返して、泣き崩れた。

「おい、どうした」

「その子の背中の牡丹の痣は僕がつけたのです。僕が悪魔のボタンを押したのです」

「ボタンというのは、ピカドンのスイッチのことか」

「はい。Ｂ２９に乗って、僕が原爆リトルボーイを落とすボタンを押したのです」

「お主、母御や妹御がいると知っておってか」

「はい」

「なんという罰当たりなことを！」

「妹百合亜の玉のような美しい白い肌を悪魔の業火で焼き、全身に赤い牡丹を散らせ、殺したのは僕のこの人差し指です。その愛しい妹の娘操にも牡丹の痣を残してしまった。母さんを殺したのも僕です。学校や近所の友達を殺したのも僕です。広島の十数万人の市民を赤い業火で焼き殺したのは、この僕なんです。お許し下さい、皆さん」

凛太郎は、懐に持っていた拳銃の撃鉄を上げ、自分のこめかみに当てた。

「何をするんじゃや」

「死んで御詫びを……」

「よさんか、このたわけもんが！」

銃声が夕焼けに燃える川面を震わせ、炎のような波紋を作った。

凛太郎は僧侶に殴られ、拳銃が石に当たり川底へ落ちた。

「死んでも詫びにはならん」

「どうして」

「お主一人の命で、原爆で亡くなった広島と長崎の二十数万人の命が贖《あがな》われると思うのか。たわけ。お主が死んだところで、死んだ者の魂は浮かばれん。生き残った負傷者の不幸と痛みは癒されん。お主にできることは、わしらやこの子の背中に刻まれた一生ケロイドとして残るこの無残な牡丹の花を、カメラのフィルムに焼き付けることじゃや。この広島の惨状をフィルムに収めてアメリカに持ち帰り、原爆投下を命じたアメリカの大統領や政府の役人、議員、さらに原爆を作った科学者、原爆を投下した兵士、そしてその原爆投下を喜んだアメリカ市民に見せることじゃ。自分たちがどんなに惨い罪深いことをしたのか、思い知らせることじゃ。さあ、とっくりとこの赤い牡丹の花を撮れ。フィルムに焼き付けるのじゃ。それがお主の使命であり、責任じゃ。そしてこれからその生涯を懸けて、この広島の惨状と戦争に駆り出された日系人の不幸な物語を語り継ぐのじゃ。それ以外に母親と妹御と友を手に掛けたお主の罪の償いはできん。数十万の人間を手に掛け、血塗れになったその手を洗い清めることはできん。自害は許されん。一生生き恥を晒して罪の償いするのがお主と原爆投下に関わったアメリカ人の使命じゃ。それ以外に責任の取り方はない」

川の流れが滔々と続く。夕日に映えて血のように見える赤い水を、時間を忘れたように凛太郎は眺めていた。やがて、川面が夕闇に包まれる頃、顔を上げて和尚に答えた。

「そうですね……。わかりました。このフィルムをアメリカに持ち帰って、大統領に見せます。オッペンハイマー博士や父アインシュタイン博士に見せます。原爆投下に喝采をあげ、勝利に浮かれているアメリカ兵やアメリカ市民に見せて、本当に原爆投下が正しかったのかどうか、正義なのかどうか、問いかけます」

「うむ。じゃが、恐らくアメリカ政府はフィルムに刻まれた広島の悲惨な現実を、市民に見せないよう画策するじゃろうな」

既にアメリカで軍部に向けて上映された原爆投下直後のニュースフィルムには、破壊された建物は映っていても、被爆した悲惨な人間の姿は、一人も映っていなかった。意図的にカットされたのは間違いなかった。

「いえ、どんな妨害工作にあっても、何十年かかっても、僕が必ず市民にこの惨状を伝えます。無残に散った赤い牡丹を、全米に全世界に公開して、原爆を製造した科学者と投下した政治家の罪を世に問います」

「うむ、贖罪《しょくざい》の道は、長く、厳しいぞ」

「覚悟しています。それまで、この子を、操を宜しくお願いします」

「うむ、任せておけ。必ず幸せにしてやる。この子の背中に広がった赤黒い牡丹を、それでも美しいといってくれる青年を見つけて、嫁がせるのがわしの夢じゃ」

「その時には僕も操の結婚式に呼んで下さい」

「ああ、そんな日が本当にくればよいが……」

「来ますよ、きっと。――それじゃあ、またいつの日か……」

「達者でな……。ああ待て、これを土産に」

和尚は凛太郎に小さな苗を手渡した。

「これは？」

「牡丹の苗じゃ。但し、緋牡丹ではない、白牡丹じゃ。向こうで育てて、操の結婚式に花を添えに来てくれんか」

「はい、喜んで。僕の血塗れの手を洗い清めてから、花嫁姿の操に、雪のように白い牡丹の花束を、ブーケとして贈りたいと思います」

「ああ、そんな日が本当にくればよいが、いつになるかのう……。まあ気長に待つわい」

「僕も海の向こうで待っています。雪のように真っ白な牡丹の花を咲かせて……」

亡くなった母と妹のために、和尚が灯籠を川に流してくれた。

凛太郎はその流れを辿って、暗い海を目指した。先に流れた灯籠が、遠くで蒼く揺蕩《たゆた》っている。海蛍に包まれ、黄泉の国へ運ばれてゆくのだろう。海鳴りが幽《かす》かに聞こえ、次第に近づいてくる。凛太郎は、犠牲になった人々の魂が、深い海の底で、自分を呼んでいるような気がした。

第三章　人魚と海蛍

1

夏祭りが終わった後、夜の海が見たいわ——、と美砂子《みさこ》は紅い唇を竜也《たつや》の耳に寄せて囁いた。

盆踊りで汗ばんだ肌を、潮風で冷やすのも悪くないな、と竜也は思った。

灯籠が流され、最後の花火が蒼い夜空に天高く打ち上げられた後の、夜の浜辺に向かって、竜也と美砂子は、松林の中を寄り添って歩いた。

浴衣の裾が翻って、美砂子の素足が白く閃き、下駄の赤い鼻緒を摘まむ白い指と桜色の爪先が砂に食い込んでいる。ぴったりと寄り添う美砂子の呼吸とゆっくり波打つ乳房の柔らかい弾力を二の腕に感じながら、竜也は沈む砂地を踏みしだいてゆく。

「いっそ、夜の海を裸で泳ごうか」

と竜也は美砂子の柔らかい貝の耳に囁いた。

美砂子は頬と耳をほんのり桜色に染め、否定も肯定もせず、ふっと微笑んだ。

遠い海鳴りが次第に近づいてくるのを聞きながら松林を抜けると、闇の底に、白い渚が幽かに拡がった。

雲に隠れていた満月が僅《わず》かに横顔を見せると、浜全体が朧《おぼろ》げに見渡せた。白い砂浜を優しく撫でるように、さざ波が打ち寄せている。暗い海は遥か遠くまで拡がり、蒼い夜の底にひっそり揺蕩っていた。

「夜の海って、静かね」

と美砂子は溜息をついて呟いた。

睫毛を瞬かせる大きな瞳が月明かりに煌めき、白い頬と紅い唇が、竜也のすぐ目の前にあった。

「ああ、もう誰もいないみたいだな」

竜也は美砂子の美しい横顔から目を逸らして、浜辺を見渡した。

精霊流しは既に終わり、村人は殆ど帰った後だった。沖へ流された灯籠の明かりは、もう見えなかった。打ち上げ花火の焼け爛れた筒が何本か砂浜に転がり、蝋燭《ろうそく》と硝煙の香りが微かに漂っていた。

半世紀以上も前にここで戦争があったとは、とても信じられないくらい、夜の海は静かな眠りに就いている。

「昔、ここからお爺ちゃんは特攻潜水艦に乗って、アメリカ軍の戦艦に体当たりしたんだってさ。お婆ちゃんが言ってた」

「ふーん。特攻っていうと、帰って来なかったのね」

「うん。片道だけの燃料しか積んでいかなかったから、帰りたくても帰れないさ。生き残った人は殆ど居なかったみたいだ」

遥か遠くから、静かなさざ波が足下に打ち寄せる。

闇の奥に響く海鳴りが、蒼い入り江に満ちてくる。

「君のお祖父さんも海軍？」

「さあ、よく知らない。東京のお祖母ちゃんは昔のことは何にも話してくれなかったから。でも、大人になったらお母さんの故郷を訪ねなさいって、お父さんからこれを貰ったの。船で遭難する前の晩」

美砂子は、帯から指輪ケースを出して、竜也に見せた。

「これは、紅珊瑚？」

「ええ、紅珊瑚の婚約指輪。お母さんがお祖母ちゃんから受け継いだ形見らしいの。詳しい事聞こうと思って広島のお寺に来てみたら、御住職は亡くなってて、墓だけがあったわ」

「ふーん、代々受け継いだ婚約指輪かあ」

「ねえ、これ預かってくれない？」

「え？　僕が？　それ、僕にプロポーズしてくれってこと？」

「何勘違いしてんの？　ちょっとサイズが大きいから、竜也の指に嵌めといて。浜辺だと置き引きに遭いそうだし」

「ああ、そういうこと」

美砂子は竜也の中指に指輪を嵌めて、紅珊瑚を内側に回した。

海鳴りが、次第に遠い鐘の音のような響きに聞こえだした。

生暖かい風が急に冷たくなり、浴衣の襟元や背中から風が入って、盆踊りの汗が急速に引いてゆく。

二人は背筋を震わせ、肩を寄せた。

「なんだか、寒くない？」

「ああ、ちょっとね」

「あれ？　何かしら、沖の方。何か光ってる」

美砂子は沖を指差した。

海の底から、何か光るものが、海面に朧げに浮き上がって来た。

「灯籠かしら」

「いや、明かりの色が違う」

その光は、時に赤く橙色に、時に蒼白く妖しく変化した。そのぼうっとした光芒の中で小魚が跳ね、銀色の腹や青い背鰭《せびれ》を閃かせている。

「じゃあ、漁り火かしら」

海面には、蛍のような光が明滅し、無数の夜光虫のごとく散乱している。その蒼白い蛍の光芒は、時に淡く、時に強く輝き、次第に膨張し、無気味な不知火《しらぬい》のように波間に揺らめいている。

「いや、あれは——、海蛍だ」

「えっ？　海蛍？　なにそれ」

その無数の蛍の光は、暗い海面で、蒼白い人魂のように妖しく揺らめき、宙を舞った。

「鬼火だ。人魂だよ」

「えー？　うそー？　やだ、恐い！」

美砂子は怯えて、すぐ岩陰に隠れ、目を瞑った。

竜也は、その場に茫然として、波間に漂う海蛍の輝きに魅せられたように、立っていた。

幽かな鐘の音のような響きが遠ざかると共に、海蛍は海底に沈み、ふっと消えた。満月も雲に隠れ、辺りはまた蒼い闇に閉ざされた。

「消えた……」

「本当？」

「ああ」

「はー、驚いたー」

美砂子は安心したのか、深い溜め息を吐いて、岩陰から姿を現し、竜也の側に来て、海上を見回した。

竜也は目を細めて懐かしそうに遥かな沖合を眺めている。

「海蛍か……。見たのはこれで二度目だ」

「え？　一度目はいつ？」

「七年前、お婆ちゃんが死んだ時。六十過ぎてたのに、海女をやってた若い頃みたいに、鮑《あわび》を採りに無理して深く潜って、溺れたんだ。その遺体を海に流した」

「そんなことしていいの？」

「今は法律で駄目だけど、昔は、海で死んだ人間は、海に還したんだ。内緒でね」

「へー、そうなの……」

「魂が海神様の懐に還ってゆく、っていう言い伝えがあってね」

「なんだか、ロマンチックね。どのあたりから流したの？」

「すぐそこの岩場さ」

鋭く切れ込んだ岩場に波が打ち寄せている。

そこを美砂子と竜也は覗き込んだ。

「透き通ってるわね、ここの水」

蒼暗い澄んだ水が、宝石のように月明かりに輝いている。

「うん。そこから婆ちゃんの遺体を浮かべて流したら、海面が揺れて、さっきみたいに水の底がぼうーっと蒼白く光った」

「えー？　やだ恐い！」

「大丈夫。海蛍は本来貝の仲間で、ホタルイカみたいに青白く光るんだ。人間には危害を加えない、おとなしい生きものさ」

「なんだ、そうなの」

「でも、あの時は違った」

「どういうふうに？」

「寒けがしてさ」

「さっきもしたわよ」

「遠い鐘の音のような海鳴りが聞こえて、海蛍に囲まれて婆ちゃんの体全体が蒼白く光った。蒼い花に埋まった柩のように――。そして、水面すれすれに沈んで、そのまま沖のほうへすーっと引き寄せられるように流されていったんだ」

「光ったまま？」

「ああ、蒼白く光ったまま」

「沖って、どのあたりまで？」

「さっき鬼火が出た辺りまで」

「えー？　それで？」

「一際蒼白く強烈に光って、海蛍の光に包まれたまま、海底に引きずり込まれるように沈んでいった」

「どういうこと？」

「わからない」

「あの辺りに海神様が棲んでいるのかしら」

「うむ、とにかく、そういう、人の死体を運ぶ海蛍もいるんだ」

「それって、生きてる人も、引きずり込まれるんじゃない？」

「ありえる」

「やだ、悪い冗談やめてよ」

「ふん、冗談で済めばいいけどな」

「どういう意味？　私、もう恐くて、夜の海、泳げない」

「夜の海は男だって危ないさ。鮫に襲われるかもしれないし、それこそ、海坊主に海底に引きずり込まれて、食べられちゃうかもな。美砂子の肉は柔らかくて美味そうだから」

竜也は赤い鼻緒の下駄を履いた美砂子の素足や浴衣の裾から出ている脹脛《ふくらはぎ》を眺め、胸の谷間も覗いて、舌嘗《な》めずりをした。

「やだ、竜也ったら、変なこといわないでよ、エッチねえ」

美砂子は首を縮め、浴衣の胸元や裾を手で隠した。

「はあ？　どこが」

「もう、知らない」

美砂子は頬を膨らませて背を向けた。束ねた黒髪の襟足が月光に閃いた。

「ハハハ、やっぱり裸で泳いで汗を流そう。裸なら下着濡れないし」

「えー？　丸見えじゃない、竜也のエッチ！」

「夜の海だったら、何も見えないさ」

「見えるわよ。この月明かりみてよ」

美砂子の玉のような白い肌が月明かりで青白く浮き上がっている。

「うん、すべすべだあ」

竜也は、浴衣の袖を捲った美砂子の細い腕に触れた。

「触らないで！」

美砂子は竜也の手をパチンと叩いた。

「ケチ」

「乙女の肌は、好きな人にしか見せちゃいけないの」

「だから、いいんじゃないの？　僕には」

「まあ、しょってる」

竜也は草履と浴衣を脱ぎ、パンツも脱いだ。筋肉質の精悍な体のシルエットが、月明かりに浮き上がった。

「竜也、パンツも、脱いだの？」

「当然。好きな娘の前だからね」

「竜也……」

「先いくよ」

竜也は全裸で砂浜を走り、海に飛び込んだ。

「あーん。待ってよう。しょうがいないなー、もう」

美砂子も下駄と浴衣を脱ぎ、一瞬躊躇《ちゅうちょ》したが、ブラジャーとパンティーも脱いだ。月明かりに映えて、美砂子の白い裸体が、闇に輝いた。

その神々しい裸身を、竜也は浅瀬に浮かんで眺めている。

美砂子は乳房を揺らして砂浜を走り、黒髪を背中に靡かせ、両足を揃えて勢いよくジャンプし、海に飛び込んだ。

「つめたーい」

「慣れれば平気さ」

夜の海水は、次第に肌に纏わり付き、馴染んで来るようだった。

「美砂子、やっぱり綺麗なプロポーションしてるね」

「やっぱり見たのね、竜也のエッチ」

竜也は高笑いをして、沖へ向かってクロールを切った。美砂子は平泳ぎで必死で追い掛ける。海面での鬼ごっこが始まった。

「待てー！　乙女のヌードただで見た不届き者！」

「ハハハ、恋人同志は、たださ」

が、竜也は海底の色の変わり目で突然、泳ぐのをやめた。

美砂子が追いついて竜也の肩を掴んだ。

「やっと捕まえたぁ。――どうしたの？」

「――海蛍……」

「えっ？」

海底から朧げな蛍の光が、二人の白い裸身を包んで浮かび上がらせた。小魚が背鰭や腹を閃かせて二人の周囲で飛び跳ねている。

「美砂子、ほら体中が、真っ蒼」

美砂子の全裸が、蒼白い光芒を帯びて水中に浮かび、足の爪先まではっきり見える。

「きゃあ、見ないで、竜也」

「綺麗だ……美砂子」

竜也は美砂子を抱き寄せた。

「竜也……。あなたも体が光って、素敵……」

竜也は美砂子の濡れた唇にキスをした。

二人は白い肌を密着させて抱き合ったまま、海中へ沈んでゆく。泡と海藻が二人を包む。美砂子は竜也に抱かれて手足の力が抜け、海中に水母《くらげ》のように浮遊した。足下には、海草の生えた浅瀬の岩棚の縁から急に深い海溝が覗き、太古の深海が広がっている。暗い夜の海底に、若い男女の裸身が海蛍の蒼白い光芒に包まれてさらに深く沈んで行く。

しばらくして息苦しくなった二人は、海面に浮き上がって顔を出し、深呼吸をした。

「どう？　深海のキスの味は」

「うーん、海蛍の味かしら」

その時、深海の底から重い鐘の音のような無気味な低音が響いて来た。何か大きな魚が足下を泳いでいるような気がした。いや、それは魚ではない、もっと巨大な生き物の影だ。

「なあに…？　鯨？」

「いや、海坊主かな」

「まさか……」

その無気味な生き物は、恐怖に身を竦ませて抱き合っている竜也と美砂子の揺れる足元に接近していた。ぼうっとした蒼白い光芒が海の底から放たれ、遠い鐘の音のような無気味な低音は急激に二人の鼓膜を圧した。

すると、海面に突如竜巻のような大きな渦が出来、二人は蟻地獄のような深い擂鉢の底に引き込まれた。

「きゃあー、竜也、ゴホ、ゴホ」

美砂子は巨大な生き物の大きな口に足を銜えられ、一気に深海に引きずり込まれた。

「美砂子ー！」

竜也は後を追って深く潜ったが、激しい渦の中で、恋人を見失った。そして竜也もまた、巨大な生き物の歯に足を噛まれ、強烈な渦の力で海底に吸い込まれ、泡を吐きながら海水を飲んで、気を失った。

渦に巻かれ、巨大な生き物に足を銜えられたまま、二人の若い男女は深海の闇の底へ、海蛍と共に深く沈んで行った。

その後に、物悲しい鐘の音が響き渡った。それはやがて海鳴りに変わり、何事もなかった様に夜の海は凪いで、深い眠りに就いた。

2

翌朝、海鳥が激しく啼きながら、孤島の上空を旋回していた。

浜辺を歩いていた漁師が、昨夜竜也と美砂子が脱ぎ捨てた浴衣と下着や下駄を発見して拾いあげ、松林か岩陰で抱き合っていると想像して、にたりと笑った。

「おい、なんじゃや、こりゃあ」

「浴衣と下着じゃのう」

「こりゃあ、竜也のもんじゃねえか？」

「ああ、それと連れのおなごのもんじゃろう。盆踊りで一緒におるのをみたぞ」

「ああ、東京から来たおなごかあ。竜也め、東京の大学に行ったら、とたんに色気づきよったようじゃのう」

「ああ、もう遊びほうけておなごをひっかけとる。息子は東京なんぞに行かせるもんじゃねえ」

「そがぁなふうにゆうても、嫁が来んと村はさびれるけんのう」

「うむ、じじババばかりじゃあ、ねんねはできんでな」

「竜也の連れのおなごはえらい別嬪さんじゃったなあ」

「ああ、二人とも裸で泳いだんかのお」

「ふん、ドスケベどもがあ」

「ほいじゃが、どこにおるんじゃあ？　二人とも……」

漁師は、辺りを見回した。

「岩場の影かのう？」

「いや、おらん」

「まさか……海ん中か？」

「えらいことじゃ、溺れたんじゃあ」

「鮫に食われたかもしれん」

「はよう、探さにゃあ」

「おう！」

村人は総出で小舟を出し、竜也と美砂子の捜索を開始した。漁師達は舟の上から竹の棒で海草をつつき、海女達は潜って岩の間を覗いて回った。

「おーい、竜也ー！」

「娘っ子ー、どこやー」

「返事せんかーい」

「生きとるんかあー」

「竜也ー！、娘っ子ー！」

「いけん、もう海の底に沈んどる。海女さん。そっちはどうじゃあ？」

海中に潜っていた海女は海面に顔を出した。

「どこにもおらんわあ」

「おらんはずなかろう」

「鮫に喰われたんかのお」

「神隠しかもしれん」

海鳥の鳴き声が止み、夕日が沈んでゆく。

「ああ、陽が落ちてしもうた」

「もう、くろうて、海の底はなんも見えん」

月は昇ったが、海底はもう殆ど見えない。

その時、深海から泡がのぼり、無数の小魚が跳ねた。海面がぼうっと蒼白く光る。遠い鐘の音が幽かに響き渡り、冷たい風が吹き始めた。

仄かな光りが水中で明滅する。

「おっ、見えた！　海の底が青白う光っとる」

「もしかして、海蛍か？」

「ああ、海蛍じゃあ。人の魂を吸い取る海蛍じゃあ！」

「逃げたほうがええ、海女さん、早う、あがりんさい！」

漁師は海面から海女を小舟に引き上げた。

「さあ、岸まで、大急ぎじゃあ！」

「おう！」

追って来る無気味な海蛍を小舟は辛うじて振り切って、浜辺に辿り着いた。

「ああ、光が消えよる」

「助かったあ」

「竜也らも海蛍にやられたんじゃろかあ」

「海蛍なら、助からん」

「海神様の祟りじゃあ、おとろしやあ」

「若いみそらで、可哀相に……」

海底に戻ってゆく海蛍を恐る恐る眺めながら、村人たちはそう囁いた。

揺れる海藻に紛れて、海蛍はふうっと深海の闇に消え失せた。

3

闇の静寂――。その中で、竜也は目醒めた。

――はっ…、生きてるのか？　ここは、どこだ？

竜也はベッドから身を起こして周囲を見回したが、暗くてよく見えない。

手探りで触ってみると壁は冷たく、金属のように堅かった。あれから、何日経ったのか、全く見当がつかなかった。何日も悪い夢を見ていたように、時間の感覚が麻痺していた。

――それより、美砂子は……？

と竜也は思い、叫んだ。

「美砂子！　どこだあ！　美砂子！」

返事はなかった。ただ、自分の声だけが冷たい壁に反響していた。しかし、やがて奥の方から、カツーン、カツーンと金属の床を鳴らして歩く足音が近づいて来た。

竜也は立って身構えた。

ガチャンと鍵の開く音がして、竜也はその方向に目を凝らした。闇の中に、ぎらついた鋭い眼光の白髭の老人が立っていた。彼は白い制帽を被り、旧海軍の白い制服のようなものを着ていた。肩や胸には勲章や星のバッジが幾つも付いている。制帽からはみ出た髪も揉み上げも真っ白だった。額と頬には深い皺が刻まれている。

「気が付いたか、若いの」

と唇に微笑みを浮かべて、白髪の老人は訊いた。

「どなたですか？」

「儂《わし》はここの艦長じゃ。溺れているお前らを助けてやったんじゃ」

「えっ？　じゃあ、美砂子も助かったんですね？」

「あのおなごか……、うむ、なんとかな」

「そうか、よかった」

竜也は安堵の溜め息を吐き、ベッドに腰を下ろした。

「お若いの、名前は？」

「田村竜也です」

「ふむ？　田村というと、もしかして、田村竜蔵の孫か？」

「なんでお祖父ちゃんの名前を」

「ふん、特攻隊で同期じゃったからな」

「えっ？　特攻隊で？　じゃあ、あなたは、特攻隊の、生き残り……」

「ふむ、そうじゃ、未だに生き恥を晒しておるわ」

「お名前は？」

「沖田健児じゃ」

「ああ、お婆ちゃんから聞いたことがある。お祖父ちゃんの親友に沖田という、海軍きっての秀才がいたと……」

「ふん、海軍で一等でも大したこたぁない。アメリカ軍より先に原爆を作れんかったんじゃからな」

「え？　原爆？」

「そうじゃ。儂は原爆をアメリカ軍より先に作るよう特命を受けとった。じゃが、当時の大日本帝国海軍にはそれを開発するだけの資金が無かった。それで開発計画は中止になり、特攻隊に配属されたんじゃ。儂は田村と同じ日に特攻潜水艦回天に乗った。じゃが、田村が敵軍の戦艦に体当たりした後、儂の回天は故障しおった。安物のエンジンを使っておったからのう。そいじゃけえ、今もおめおめと生き恥を晒しておる、というわけじゃ」

「そうですか。それは無念だったでしょうね」

「うむ。じゃが、その無念を晴らす日がもうすぐ来よる」

「どういう意味です？」

「まあ、見ておれ。アメリカ軍め。今に思い知らせちゃる。ふふふ」

沖田と名乗る老人は、鋭い眼光をぎらつかせ、深い皺を引きつらせて無気味に微笑んだ。

「そこに酒と握り飯がある。それを食べて貴様も体力を回復しろ。そしてお国のために特攻隊でご奉公するんじゃ。出征できる体になったら、そこから出しちゃるけえ」

「特攻隊？　出征って、まさか……」

沖田艦長は立ち上がり、鉄のドアを閉めようとした。

「あ、待って下さい。沖田艦長。美砂子に、美砂子に一目逢わせて下さい」

「まだ駄目じゃや。あんおなごはまだ傷が治っておらんからのう。ふふふ」

「傷？　美砂子はどこか怪我をしたんですか？　教えて下さい。沖田艦長！」

鍵が閉まった。

無気味な笑い声と共に沖田艦長の足音が闇の向こうに遠ざかっていった。

――どういうことだ。美砂子は大丈夫なんだろうか。まあ、とにかく食べなきゃ。食べて体力が回復したら、ここを出られるみたいだから……。

そう思って、竜也は握り飯を頬張った。ちょっと黴臭い変な味だったが、竜也は我慢して食べ、酒を飲んだ。苦みがきつかった。一口飲んだ後、急に睡魔に襲われ、竜也はあくびをしてゴトっと床に倒れ、深い眠りに落ちた。

4

深海の闇を巨大な鯨がゆっくり進んでゆく。鯨の中身は巨大な潜水艦だった。鯨の背中や腹にこびりついた貝殻や海藻が、静かに揺れている。

沖田艦長は、艦内の通路を軍靴の音を響かせながら渡り、特別室に近付きドアを開けた。

室内の巨大な水槽の前に、軍医が座っていた。

沖田に気付くと、軍医は即座に起立し最敬礼をした。

「艦長！」

「どうじゃ、おなごの調子は」

「はっ、順調にリハビリはすすんでおります」

「うむ、それにしても、綺麗じゃな、あのおなごは」

水槽の海草の隙間から、美砂子の眠った横顔が垣間見えた。長い髪が海草のように揺れながら水面方向に伸びて浮いている。

「……儂の許嫁に面影がよう似ておる」

と沖田艦長は懐かしそうに呟いた。

「そうでありましたか」

「うむ。あんおなごも大日本帝国のために、いや、儂を手助けするために、戦いたかったじゃろう」

「はっ、自分もそう思います」

「儂らの理想のために、頑張ってくれたまえ」

「は！」と軍医は軍靴の踵を合わせて敬礼し、艦長を見送った。

沖田は軍靴の音を長い廊下に響き渡らせ、艦長室に入り、ベッドに横たわった。そして、電気針の飛び出した金属の帽子を被って、睡眠薬を飲み、深い眠りに就いた。

深海を進む鯨型の巨大な潜水艦の一番警固な艦長室の堅いベッドの底で、沖田は夢を見た。これまで半世紀以上も見続けて来た悪夢を。遠い鐘の音が、耳の奥の脳髄を掻き乱すように響き渡った――。

5

半鐘が、夏の市街に、蝉より激しく鳴っていた。

無気味な飛行機のプロペラ音が、遥か天空に幽かに響き渡っている。

哨戒兵は、レーダーを見つめながら、長い経験と直感から、普通の人間には聞こえないその幽かなプロペラ音を耳で捕らえていた。そしてすぐ、半鐘を打ち鳴らしたのだ。

「空襲警報発令！　空襲警報発令！　全員、直ちに避難すべし！」

だが、飛行機のプロペラ音は一旦遠ざかり、爆弾も落ちて来ないため、一旦、空襲警報は解除された。恐らく偵察機だろう。

広島市民は安堵して、朝の出勤や勤労奉仕の準備をし、外出をしだした。警戒警報が解除された後も、哨戒兵は上空を気にして太陽がぎらつく真っ蒼な夏の空を見上げ続けた。

太陽光線が眩しく乱反射する。その光の散乱の中に、何か小さな黒い点が、太陽の黒点のように、光を遮った。その黒い小さな点はどんどん大きくなって来る。遥か上空から無気味な黒い塊が落ちて来ていることに、若い哨戒兵は気づいた。が、それは今まで見たこともないものだった。普通の焼夷弾《しょういだん》とは何かが違う。落下傘がついているのか、ゆっくり、しかし確実に市の中心目がけて無気味に落ちて来る。

その黒い鉄の塊が落下している間に、エノラゲイと名付けられた飛行機は、全速力で広島市街上空から退避していた。パイロットは、事前の訓練通り、重要な任務をほぼ遂行し終えた安堵感から、微笑んでいた。

漆黒の重い原爆は、夏の朝の太陽に輝きながら、小さな落下傘をつけて、すーっと真っ逆さまに広島市の中心部目がけて落下していたのだ。

哨戒兵が再び、半鐘を鳴らそうとした、その時だった。

その黒い物体は、まだ遥か上空にあったのだが、急にピカッと光った。雷よりも、もっと強烈な凄まじい光が、黒い塊から矢のように放射状に飛び出した。太陽が爆発したかのような異様に明るく強烈な光が、空全体に放たれ、市内全体を刺し貫いた。まさに太陽を破壊しかねない悪魔の光だった。

その悪魔の無気味な光は、一瞬で目が潰れる程の明るさで一気に人々の目の前を覆った後、鼓膜が破れる程の大音響が天地に轟き、灼熱の熱線と熱風が吹き荒れ、黒々としたきのこ雲が、遥か天空まで貫いた。

悲鳴をあげる間もなく、爆風によって、市内の家屋や建物は一瞬に吹き飛ばされ、人々は熱線で焼かれた。

僅かに残った建物も、炎に焼かれ、黒焦げの人々が横たわり、放射線と火傷を負った人々が呻きながら、助けを求めて蠢いていた。

地面を這いながら、老若男女が、いや、年齢や男女の区別もつかないほど酷い火傷を負った市民が、水を求めて、爛れた皮膚を垂らして彷徨い歩いていた。

髪が焼け焦げ、全身火傷で亡者のような形相の人々は、焼け爛れた掌をあげて、川のほとりの僧侶に呟いた。

「水…、水をくれんかのう」

「喉が渇く。水を……」

「ほれ、飲みんさい」

と僧侶は川の水を手に汲んで、火傷を負った男女の口に注いだ。

男は、喉をゴクゴク鳴らして水を飲み、

「はー、まだ渇く。もう一杯」

と、言ったきり、地面に倒れ、息絶えた。

「おい、しっかりしんさい。おい…。ふう、また逝ってしもうた……。南無阿弥陀仏、南無阿弥陀仏……。死体の山じゃあ…。地獄絵図じゃあ……」

街は火事に焼かれ、真っ赤に燃え上がっている。炎は一向に消えそうにない。まさに地獄の光景が延々と続いていた。

「水…、水を…、頂戴……」

「ああ、娘さん。ほれ」

若い女の口に、僧侶は川の水を注ぎこもうとした。

すると、彼女は、首を振って拒んだ。

「水は、いらんのか?」

「いえ、この子に……水を。火傷が酷うて……」

「なんじゃや、赤子か」

女は、焼け焦げた海軍のマントに来るんで、産まれたばかりの赤ん坊を抱えていた。爆発のショックで産まれたのかもしれない。赤子は、まだ、血塗れだった。臍の緒もまだ切れたばかりだった。

僧侶は布を川の水に浸して、赤子の体を拭いてやった。桜色の綺麗な肌が浮かび上がった。しかし、背中に酷い火傷を負っていた。が、赤子は泣き声は上げず、眠っているかのように静かであった。

若い母親は、既に虫の息だった。

「さあ、しっかりしんさい。母親のあんたが生きねば、赤子も生きてはゆけんぞ。さあ、さあ、水を飲みんさい」

僧侶が若い女の口に水を注ぐと、彼女は美味しそうに一口飲んだ。

「ああ、おいしい。……ありがとうございます。何か、書くものを」

僧侶が懐の筆と半紙を手渡すと、女は手紙を書いた。

「これを……この手紙を、灯籠に入れて、特攻隊の、あの人に……」

「わかった。灯籠に入れちゃる」

「赤ちゃんを……、頼みます」

そういって、若い女は目を閉じ、涙を流して息絶えた。

「おい、しっかりしんさい、娘さん、娘さん！　……若い御空《みそら》で、可哀相に……特攻隊の許婚がおったんか。もうその若者も生きてはおらんじゃろう……。せめて灯籠に入れて、川に流してしんぜようかのう。海で散った特攻隊の兵隊さんに届くかもしれんて……。南無阿弥陀仏、南無阿弥陀仏……」

念仏を唱えながら、僧侶は川に灯籠を流した。その時、赤子が泣き始めた。

赤子の泣き声と僧侶の念仏の声が響く中を、灯籠は、無数の死体から立ち上る人魂と共に、川を流れていった。遥か彼方の蒼い海に向かって――。

6

その頃、蒼い大海原では、朝日に照らされて、最後の特攻隊が、敵の戦艦目がけて、突入していた。ゼロ戦や桜花などの特攻機や、特攻潜水艦回天の殆どは、敵艦に命中することなく、海の藻屑と消えた。

しかし、もちろん、中には僅かだが命中した特攻隊もあった。爆弾を積んだ小型潜水艇は、アメリカの戦艦の側壁や船底に体当たりし、爆発炎上した。さらにゼロ戦や、桜花の特攻攻撃によって、敵艦は甲板や機関室、司令室を破壊され、深海に沈没していった。

傷だらけの特攻隊員が、敵の海兵隊員と共に、海の底に深く厳かに沈んで、永遠の眠りに就いたのである。

その夜、夥しい血に染まった海面に、無数の蒼白い人魂が浮遊した。それ以来、毎夜、この海域に、海蛍が出現するようになった。

7

夜の深海を、巨大な鯨型潜水艦が深い泣き声を轟かせて厳かに進んでゆく。闇の中で、竜也は再び目覚めた。

はっと竜也は、布団から起き上がった。ひどい寝汗をかいている。

――夢か……。原爆が落ちる夢。見たこともない地獄絵図だった。広島からかなり離れているのに、なんであんな夢をみたんだろう。とてもリアルな夢だった……。

ピピッと頭のヘッドギアが鳴った。

――あれ？　いつのまに頭にこんなものが……。変な帽子だ。電極のようなものがいくつも付いてる……。酷い頭痛がする。

カツーン、カツーンと沖田の冷たい靴音が近付き、鍵が開いた。

「どうじゃ？、原爆の悪夢から目覚めた感想は」

「え？　僕が原爆の夢を見たって、どうして判ったんです」

「儂も見たからじゃよ、同じ夢をな」

「どういうことですか」

「その頭に付けとる脳波同調器が、儂と同じ夢を見させるんじゃや」

「脳波同調器？……」

竜也は、バリっと頭からヘッドギヤを外した。

「何をするんじゃ、田村一等兵。それを勝手に外してはならん！」

「これつけてると窮屈で、頭が痛くなるんですよ。それに、僕は一等兵じゃありません」

「儂がたった今任命した。ここでは儂の命令は絶対じゃ。逆らえば、軍法会議にかけて、重罰に処す」

「そんなあ……、戦時中じゃあるまいし……」

――困るなあ、戦争マニアは。僕にはそんな趣味ないんだけどなあ……。

と、竜也は呆れて思った。

「沖田艦長、戦争はもう五十四年前に終わっているんですよ」

「戦争は終わっとらん。未だ続いておる」

「でも、日本は昭和二十年に無条件降伏をしたんですよ」

「降伏などしておらん。あれは単なる休戦協定にすぎん。連合軍は依然、我々の敵である。特にアメリカ軍は、ソ連の仲介で日本が休戦協定に応じると判っていながら、広島と長崎に原爆を落とした。ソ連が介入する前に、日本を負かしたのはアメリカだと宣伝し、原爆の破壊力を誇示し、戦後の覇権を握り、世界征服をするためじゃ。その薄汚い政治の道具に日本はされたんじゃ。原爆はいわば政治上、軍事上の人体実験じゃ。その実験で何十万人もの非戦闘員、特に女子供が虐殺された。わしは絶対に許さん！」

「確かにそうですが、だったら日本兵が中国人を虐殺したことはどうなんですか？」

「無論、非戦闘員を虐殺したことは悪い。上官に責任がある。敵兵だけを殺せばよかったんじゃ」

「でも、そもそも他国の領土を侵略すること自体が悪いことでしょう」

「侵略ではない。大東和共栄圏を作るための手助けの進出じゃ」

「それは、誤魔化しですよ。悪徳行為を正当化しているにすぎない。いじめの現場を先生に見つかったいじめっ子が、プロレスごっこやって仲良くやってました、っていう誤魔化しと同じですよ。卑怯だな」

「何？　誇り高き帝国軍人に向かって、卑怯とは何事かぁ！」

沖田艦長は竜也の胸倉を掴んで絞り上げた。老人とは思えない握力と腕力だ。首が絞まり息が出来ない。

「だって、侵略を正当化してるから……」

「所詮この世は弱肉強食。人間は太古から領土や食物を奪い合って来た。兵隊同士が正々堂々と戦えば、勝ち負けがつくのは当然じゃや。正々堂々と戦わず、婦女子を巻き込んだのは、確かに悪い。しかし、兵隊同士の知性と技術と腕力の戦いは称賛に値するものじゃ」

「スポーツならいいですけどね。暴力はいけませんよ。殺しあいは駄目だ。命を粗末にすれば、人生のすべては無意味になる」

「命を賭けないで、真剣勝負ができるかあ！」

「その命を懸けた真剣勝負で日本は負けたんでしょう？」

「じゃけえ、日本は負けとらん、休戦じゃと言うとるじゃろう。卑劣な原爆を使用したアメリカにまず報復すべきなんじゃ」

沖田艦長の目は血走り、暗い瞳の奥に、復讐の炎を、蒼白い蛍のような光を放っていた。

「報復？　どうやって」

「ふふ、そのために儂はこの原子力潜水艦を作ったんじゃ」

「え？　この船、原子力潜水艦なんですか？」

「そうじゃ。儂の五十年以上に及ぶ研究と軍事技術の粋を結集した最高傑作なんじゃや。この新大和は」

「新大和……？」

「ついて来んさい。艦内を案内しちゃる」

沖田艦長は竜也を連れて、艦内を案内して歩いた。この原子力潜水艦、新大和は、かつて人間魚雷回天を搭載した母潜伊三七〇をモデルにして設計し、シロナガス鯨でカモフラージュしたので、全長百二十メートルはあるという。

沖田艦長に付いて各室を周り、軍靴が金属の通路に反響する音を聞きながら、竜也は艦内の広さと巨きさに驚嘆していた。

——これだけの原子力潜水艦を、沖田艦長は独りで設計したのか。すごい執念だ。確かに日本帝国海軍の鬼才といわれただけのことはある。マッドサイエンティストに近いが……。それにしても、この潜水艦を作るための莫大な資金はどこから出てるんだろう。日本政府からか、右翼議員の裏金からだろうか……。

竜也は沖田に訊いた。

「沖田艦長、この原子力潜水艦の建造費はどこから出てるんですか？」

「特攻隊の仲間や遺族からの寄付金じゃ」

「特攻隊の？」

「ああ。アメリカ軍をやっつけて、仇を取ってくれ、原爆の仕返しをしてくれ、というとる奴らの声が、今も耳元で聞こえるんじゃ」

それこそ、妄想に取り憑かれた沖田艦長の幻聴ではないのか——。

と竜也は思った。

が、奇妙なことに、操舵室で舵を取っている者も、バラストタンクの注水や排水を行う者も、ソナーやレーダーで海の地形や魚群や他船を監視している者も、すべて七十代の老人だった。壮年や青年の乗組員は一人もいない。深い皺の刻まれた眼光の鋭い老人達は、一人で何役も掛け持ちして黙々と仕事をこなしている。

「ここの乗組員もすべて大日本帝国海軍特攻隊の生き残りじゃ」

そうか、だから皆七十代の老人なのか、艦の大きさに比べて乗組員の総数が極端に少ないわけだ――、と竜也は納得した。

「でも今更仕返しなんてよくないと思うけど、一体どんな方法で仕返しするつもりですか？」

「ふふふ、今に判る……」

と沖田艦長は無気味な微笑みを浮かべた。

8

迷路のような通路を通った後、沖田は特別室の前で立ち止まった。部屋の分厚いドアを開け、沖田は竜也を室内に促した。

古びたドアの、鳥の絞め殺されるような音に軍医が気付いて振り向き、最敬礼をした。

「沖田艦長！」

「どうじゃね、リハビリは」

「はっ、ほぼ完璧であります」

「そうか。そいじゃあ、この若いもんに見せてやれ」

「はっ、かしこまりました」

巨大な水槽の外壁に掛かっていた幕が開いた。泡の立ち上る音と、パシャッと水の跳ねる音がした。

「田村一等兵、君が逢いたがっとった麻明戸《まあめいど》美砂子少尉じゃ。ほれ」

「み、美砂子！」

美砂子は、透明な水槽の中にいた。水中でも苦しそうではなく、優雅に泳いでいた。白い乳房は露《あらわ》なまま、海草の間で揺れていた。

しかし、最も竜也が驚いたのは、海草に隠れていた美砂子の両足が失く、鱗のある魚の下腹部とイルカの尾鰭に取り替えられていたことだった。美砂子は、イルカのように下半身を動かして、遊泳していた。

「こ、これは……」

「そう、見ての通り、人魚じゃよ」

「人魚……？」

「美しかろう」

確かにこの世のものとも思えない美しさだった。

が、美砂子が、あの白く張りのある瑞々しい両脚を失ったことだけは確かであった。恋人の肉体を傷つけられたことに、竜也は烈しい怒りを覚えた。

「どうしてこんなひどいことを！」

竜也は沖田の胸ぐらを掴み、殴り掛かった。しかし沖田は七十過ぎの老人とは思えぬ身のこなしで竜也の拳を避け、凄い力で竜也の腕をねじ上げ、鉄の床に殴り倒した。

「何するんじゃや、この若造がぁ！　無礼者！」

竜也は立ち上がって再度沖田に殴り掛かろうとしたが、軍医が止めに入って、背後から羽交い締めにした。

「よしたまえ、田村一等兵。沖田艦長に手をあげるとは何事か！　分をわきまえろ分を！」

「恋人をこんな姿にされて、男として黙っていられるかぁ！　美砂子の脚を、返せ！」

「麻明戸少尉は、夜の海で泳いでおられる時、この原子力潜水艦新大和のスクリューに巻き込まれ、両足を粉々に切断されたのです。それで代わりにイルカの下半身を接合し、魚の鱗を付けたのです。胸には水のなかでも呼吸できるよう海水からも酸素を取り入れ可能な人工肺を挿入しました。すべて沖田艦長のアイデアです。こうしなければ、麻明戸少尉のお命はなかったと思われます」

「そんな……」

意気消沈する竜也を尻目に、沖田艦長は美砂子を眺めて満足そうに髭を撫でた。

「本物の人魚じゃ。美しいのう。芸術品じゃ。わしの最高傑作のひとつじゃけえ、目を逸らさんと、よう見んさい、田村一等兵。恋人が生まれ変った姿じゃ」

確かに人魚になった美砂子は、ビーナスの化身のように美しかった。裸の上半身とイルカの尾鰭は理想的な曲線を描いて融合している。しかし、美砂子の顔は人形のように蒼白く、目が虚ろだった。

「美砂子、僕だよ、竜也だよ」

しかし、美砂子は何かに酔っているようで、竜也に気付かない感じだった。時折、水面に上がって、美砂子はポチャンと尾鰭で叩いた。

「判らないのか？　美砂子！」

近寄る竜也を制して、軍医は次のように説明した。

「麻明戸少尉の肉体とイルカの尾鰭との細胞レベルの拒絶反応を防止するため、拒絶反応抑制剤や様々な薬を使用していますから、まだ若干意識がはっきりしない部分もあります。それに事故のショックで失語症に陥ってます」

「あのヘッドギアは何のためですか」

竜也が外したものと似た電極付きのヘッドギアが、美砂子の髪にティアラのように煌めいていた。

「精神安定のためです」

美砂子は再びポチャンと水面を尾鰭で何度か叩く。虚ろな瞳でそれを繰り返す美砂子を眺めながら、竜也は或る事に気づいた。そのリズムはモールス信号のように聞こえたのだ。

『た、す、け、て。た、つ、や』と。

――助けて？

「ヘッドギアを貸してください」

と竜也は沖田艦長に頼んだ。

「田村一等兵、ええ心がけじゃ。恋人を助けられて、儂の命令に素直に従う気になったんか。よし、直ちに少尉に特進させちゃるけえ。今から田村少尉じゃ。儂と同期じゃった貴様の祖父と同じく、重大な特攻の任務を前に、少尉になれたんじゃ。光栄じゃろう。ふははは」

と沖田艦長は豪快に笑いながら、竜也にヘッドギアを貸した。

ピピッっと電極が鳴った。

『美砂子、聞こえるか？』

『よく聞こえるわ。テレパシーね』

『ああ、脳波が同調してるんだ。医者のいってることは本当か？』

『嘘よ。私の足はスクリューに巻き込まれてなんかいない。悪くもない両脚を、軍医が沖田艦長の命令で切断したの』

『やはりそうか。でもなんでそんなことを……』

『沖田艦長はアメリカ軍に復讐するために、私のイルカの尾鰭の中に原爆を仕込んで、アメリカ軍の空母にぶつけるつもりなの』

『なんだって？　原爆？　そんなこと、絶対させない』

『今は正気だからいいけど、このヘッドギアを付けてると、眠っている間に原爆の悪夢を見せられ、復讐心だけが増幅されるの。だから夜は外さなきゃだめ。付け続けていると、沖田艦長の脳波に洗脳され、ロボットになってしまうわ』

『分った。夜は付けずに寝よう。でも君と交信するには必要だね。とにかく隙を見てなるべく早くここから逃げだそう』

『私の下半身に原子爆弾が埋め込まれるのは、明日の朝午前四時三十分。特攻開始は朝五時よ』

『そうか。なら、その前に逃げなきゃな。出口は判るか？』

『ええ、魚雷室よ』

『よし、真夜中に助けに来るよ』

『待ってるわ』

竜也と美砂子は水槽の透明なアクリルの壁を通して見つめ合い、約束した。

「恋人との再会はそんくらいでええじゃろう。さあ、田村少尉、付いて来んさい。今度は、新大和の兵器を紹介しちゃる」

沖田は竜也を連れて、再び艦内を案内しだした。艦長は自分の設計の確かさと技術の高さを誇示し、自画自賛していた。

魚雷室のハッチを開けて、沖田は竜也を招き入れた。

「これが対戦艦用魚雷じゃ。試しにあの海底の岩を砕いてみるけえ。魚雷、発射！」

魚雷が泡を立てて発射された。数十秒後、轟音と共に海水が渦巻き、五階建のビルほどの海底の大岩が木っ端微塵に粉砕された。

「どうじゃ。わしの作った魚雷の威力は」

「凄いですね」

「射ってみんか」

「いいえ、発射の仕方だけで結構です」

「そうか、このボタンをこう押すんじゃ」

「分かりました。艦長、特攻潜水艇の操作の仕方を習いたいのですが」

「うむ、とうとう田村少尉も特攻隊に参加する決心がついたか」

「はい」

「そうかそうかぁ、やはり田村の孫じゃのう。儂が見込んだだけのことはある。ハハハ、これはこうやるんじゃや。五十四年前を思い出すなあ。フハハハ」

上機嫌で、沖田艦長は特攻潜水艇の操作の方法を竜也に得意げに教え込んだ。それは半世紀以上も前に製造された九三式魚雷を改造した特攻人間魚雷回天そのものだった。全長１４・７５メートル、胴直径１メートル、総重量８・３トン、頭部には１・５５トンの爆薬が詰まっており、中央に人間一人がやっと乗り込める狭い操縦席と潜望鏡がついている。

「勉強になりました。艦長、では自分はこれで失礼致します」

「うむ、ご苦労」

イルカに爆弾を括り付けて敵戦艦に体当たりさせる方法は実際に戦争で使用されたという。そのために多くのイルカが訓練され、犠牲になった。それを沖田艦長は人間でやろうというのか――。特攻隊を人魚で再現させようとするその発想は、まさに狂気だった。恐ろしい男だ、と竜也は思った。なんとしても美砂子を助け出さなければ、美砂子の命ばかりか、世界が破滅することになりかねない——。今年は１９９９年だ。ノストラダムスの大予言が、当たることになるのか？　いいや、そんなことあってはならない。世界の破滅だけは阻止しなければ……。

竜也は、じっと考え込んで、牢屋のような狭い船室に戻った。

9

夜の深海を、シロナガス鯨型の巨大な原子力潜水艦が、ゆっくり進んでゆく。

深夜、特別室のドアを開けて竜也は中に入った。軍医は別室でぐっすり眠っているらしい。チャンスは今だった。

泡の立ち昇る水槽の中で、人魚になった美砂子が尾鰭をゆっくり動かし、優雅に浮かんでいた。長い黒髪が海草のように乳房を覆い、腋の下に纏わり付きながら流れて揺れている。

竜也は、試しにヘッドギアをちょっと被ってみた。沖田艦長の夢は現れない。つまり、沖田艦長は現在、ノンレム睡眠の深い休息状態にあり、体を軽く揺り動かしたり、会話程度の音声では覚醒しないのだ。

竜也は安心して、ヘッドギアのテレパシー機能で美砂子に語りかけた。

「美砂子、助けに来たぞ」

美砂子も脱いでいたティアラ型のヘッドギアを被って同調した脳波のテレパシーで答えた。

『竜也。そこのボタンを押せば、鎖が外れるわ』

竜也がボタンを押すと、ピキーンと言う音と共に、美砂子の手首の鎖が外れた。

「よし！　さあ肩に掴まって」

水槽の水面から美砂子が両手を伸ばした。竜也は、水槽の縁の踊り場に上がって、彼女を水から引き上げようと体を引いた。

美砂子の体は水面から上がると急に重くなった。竜也の手が滑って、再び美砂子は水槽の水面に落ちた。バシャーンという音が室内に反響する。

軍医は起きて来ないだろうか。急がなければ――、と竜也は焦った。

竜也は美砂子の背後から脇に両腕を通し、乳房の下で組み合わせて、体を反らせて水槽から踊り場に引き上げた。それから美砂子の背中と尾鰭を両腕に抱き上げ、廊下に水を滴らせながら歩いた。美砂子は竜也の首に両腕を巻いて、落ちないようにしっかりと掴まっている。しっとり濡れた髪が、竜也の頬や首に纏わり付いた。形の良い乳房が揺れ、竜也の唇に乳首が触れんばかりにつんと上を向いていた。

「もうすぐ出口だ」

『着いたわ。竜也はここから一人乗りの潜水艇で逃げて。私はこの魚雷用のハッチから海中に飛び出るから』

「あ、美砂子、ちょっと先に行ってて」

『どうして？』

「原爆の信管を抜かなきゃ。二度と沖田艦長が原爆を使えないように」

『でも、今逃げないと艦長に気付かれるわ』

「いいから、先に行って海面で待ってて。信管を抜いた後、この新大和が動けないようにエンジンを壊すから。さあ、行って」

『うん、じゃあ』

ボシュッという音をたてて、美砂子は魚雷のように海中に脱出していった。鯨の目の小さな丸窓から、深海を人魚として優雅に泳ぐ、美しい美砂子の姿態が見えた。手を振って美砂子は竜也に合図し、海面に向かって浮上していった。

美砂子を見送った後、すぐ竜也は、弾薬庫で原爆魚雷を見つけた。

「信管は、これだな」

竜也は魚雷の先の金属の筒をキュウッキュウッと慎重に回し、信管を抜いてゆく。竜也は蒼い光芒に包まれ多量の放射能を浴びた。が、全人類の命には替えられない、と竜也は思った。

ところが、その時、脳波に蒼空が見えた。それは沖田艦長が原爆の夢を見始めたこと、すなわちレム睡眠の覚醒しやすい浅い眠りの状態になったことを意味した。

しかし、信管を抜くのに一生懸命な竜也はその青空の夢と原爆の蒼い光芒を錯覚し、その事態に気付かなかった。

やっと信管を抜いたと思い、竜也がほっとした瞬間、背後から忍び寄る気配がした。

「何しとるんじゃ、田村少尉」

「沖田艦長……」

「手を挙げろ！」

沖田艦長は拳銃を竜也の背中に突き付けた。

10

夜の海面の波間に浮かんで、人魚の美砂子は海鳴りを聞きながら、竜也を待っていた。

――遅いわ。竜也、何してるのかしら。遅すぎる。もしかして……。

美砂子は胸騒ぎがした。

脳波に蒼空のイメージが湧き上がり、これはもしかして沖田艦長のレム睡眠かと嫌な予感がした美砂子は、潜って引き返そうとした。

その時、海鳴りに変わって遠い鐘の音が聞こえ、木枯らしが吹き始めた。

小魚がさざめき遥か彼方の暗い海に青白い蛍のような灯りがぼうっと灯った。

――何？　あれは…。まさか、海蛍……。

蒼白い光は、次第に美砂子に向かって流れて来た。

美砂子は怖くなって、違う方向に泳いで逃げた。しかしまだ泳ぎ慣れてない彼女はイルカの尾鰭を巧く使いこなせず、速く泳げない。それでも蒼白い蛍の光から遠ざかったのだが、どれだけ泳いでも、その蛍の光はゆっくり、しかし確実に、美砂子に近づいて来る。

また海蛍に囲まれて海底の闇に引きずり込まれてしまうのかしら――。

と半ば諦めた時だった。

美砂子は恐る恐るその蛍の朧げな明かりを眺めながら、或る事に気づいた。

――ああ、違う。あの明かりは懐かしい明かり……、そう、灯籠だわ。

白い浜辺から盂蘭盆の夜に流されたものだろうか、灯籠が海蛍に囲まれて燦然と光り輝きながら、美砂子の元に流れて来たのだった。

その時、深海の潜水艦から声が届いた。

『麻明戸美砂子少尉、聞こえとるんか？』

と無気味な低音が美砂子のティアラに響いた。

『沖田艦長？』

と美砂子は思わず答えてしまった。

『そうじゃ。田村竜也は逮捕した。恋人の命が惜しかったら、今すぐ戻って来んさい』

『美砂子、来るんじゃない。沖田艦長は君を原爆特攻させたあと、証拠湮滅のためどうせ僕を殺すつもりだ。だから来ても無駄だ。アメリカ軍空母の何万人もの兵士と家族の命の方が大切だ』

と竜也もヘッドギアのテレパシーで叫んだ。

『でも……』と美砂子は躊躇した。

『それだけじゃない。この原爆特攻をきっかけに日米で戦争になるかもしれない。世界の各地で原爆使用の歯止めが無くなり、第三次世界大戦が勃発するかもしれない。それはなんとしても防ぐんだ。美砂子、来るな。世界を守るために、ここへは戻って来るな。遠くへ逃げるんだ。世界平和のために』

『竜也……』

美砂子は灯籠を抱えながら、迷った。

海蛍は、美砂子の周囲に集まり、夜の海面に、彼女の人魚の姿態を蒼く幻想的に浮かび上がらせていた。

11

「ふふ、美砂子はもう戻って来ないさ」

と鯨型原子力潜水艦新大和の中で、竜也は沖田艦長に皮肉っぽく微笑んだ。

「くそ！　ほいじゃあ、貴様を人間魚雷回天に括り付けて、原爆を詰んで、特攻させちゃるわい！」

と沖田艦長は怒り狂っていた。

竜也は平静を装って答えた。

「勝手にするがいい。人間魚雷でアメリカ軍の空母に接近すれば、レーダーに引っ掛かって、怪しまれ、ぶつかる前に迎撃されるのが落ちだ。しかも発射位置を突き止められ、この新大和も撃沈されるさ」

『くそ！　麻明戸少尉、早く戻って来んと、恋人を殺すぞ！』

沖田艦長が呼びかけても、美砂子の返答は、もうなかった。

「もう自棄糞じゃ。貴様を殺してこの新大和でアメリカ空母に体当たりじや！」

と沖田艦長は竜也の頭に銃口を向けた。

その時、潜行艇の出入口から、ザパーンという水飛沫《みずしぶき》と共に、美砂子が戻って来た。

『待って、竜也を殺さないで』

「麻明戸少尉！」

「美砂子、どうして……」

『世界中の人々と同じくらい、私にとってはあなたの命が大切なの』

「美砂子……お前って奴は……馬鹿」

『ごめんなさい。恋に狂ってしまったら自分でもどうにもならないの。自分の気持ちに嘘はつけないから……』

「美砂子……キスしていいか」

『うん』

二人は抱き合い、真珠のような涙を流しながら、キスを交わした。

その若い二人の姿を眺めながら、沖田は、半世紀以上も前の、青春の日々を思い出した。許婚と過ごした最後の夜を――。

12

海軍への招集前夜――、十九歳の沖田健児は、白い浜辺で、許婚と別れを惜しんでいた。

晩秋の月明かりの下、沖田は許婚の肩に手を回し、一枚のマントを二人で羽織って、夜の海を眺めていた。

「あ、沖田さん、海の中が、光ってます」

暗い海面に、蒼白い光が蛍のようにぽうっと灯り、小魚が跳びはね、銀色の腹や青い背鰭を煌めかせていた。不知火のように波間に無数の蒼白い蛍の光が妖しく揺らめいている。

「――海蛍だ」

「あれが、海蛍……。月明かりに輝いて、綺麗……」

「ああ、この世のものとも思えん美しさじゃ」

「命の輝きね。過去から未来へと連綿とつながる生命……」

「儂には死者の魂にみえる……」

闇の中で暗い海面に煌めきながら幻想的に浮かぶ海蛍を、二人は寄り添ってしばらく眺めていた。海蛍は一際明るく輝いたと思ったら、すうっと海中に沈み、儚く消えて行った。

やがて、遥か彼方の暗い水平線が、血のように赤黒く染まり始めた。

「そろそろ、夜が明ける。もう征かにゃならん」

沖田は、許婚の肩から手を離した。

「沖田さん、お別れの前に、ひとつお聞きしてもいいかしら」

「なんじゃ」

「理科の招集はまだなのに、なぜ海軍へ志願なさったの？」

「実は、儂は理科の才能を生かして、今まで理科学研究所で、或る強力な新型爆弾の開発研究をしておった」

「新型爆弾？」

「その詳しい内容は秘密じゃが、鬼畜米英海軍の大艦隊を一瞬にして破壊する恐ろしい爆弾じゃ。その秘密製造科学班で研究しとった」

「じゃあ、それができれば、日本は戦争に勝つのね」

「いや、そいが、原料の遠心分離の実験段階で研究所も空襲を受け、開発不可能になったんじゃ。米軍にも似たような新型爆弾を作る計画が進行しとるらしい。先を越されたら終わりじゃ。大和でも吹き飛ばされるけえ」

「大和でも？」

「今、戦局は、我が日本軍に不利な状況に傾いとるらしい」

「え？　日本が……、負けるの？」

「いや、そうと決まった訳じゃねえが。文科の友人で先に特攻隊に招集された田村が休暇で帰っとったけえ、ちぃと聞いたんじゃ」

「特攻隊？」

「空からはゼロ戦や桜花。海からは水上特攻艇震洋や特攻潜水艦回天に爆弾を積んで、敵艦目がけて体当たりする戦法が考えられとるらしい」

「そんな……、体当たりって、操縦している人も死んでしまうじゃやないの」

「やむを得ん。我が日本軍はそこまで追い詰めえられとる。米軍が新型爆弾を開発する前に、起死回生の作戦を敢行せにゃいけん。じゃけえ、儂は志願したんじゃ」

「じゃあ、沖田さんも特攻隊に？」

「回天に乗ることになるじゃろう」

「そんな……。沖田さん、私は、沖田さんのお嫁さんになると決めてるんです」

と許婚は沖田の胸に縋り付いた。

「儂が特攻隊に征くんは、日本帝国のためじゃ。お前の命を守るためじゃ」

「でも……厭、いやです……」

「儂はもうお前に会えんかもしれん」

「沖田さん……」

「これを」

そういって沖田は、許嫁に指輪を手渡した。

「紅珊瑚の指輪」

「結納で渡せんかったけえ、このあいだ、海に潜って取ってきたんじゃ」

「嬉しい」

「儂の形見じゃ…」

「沖田さん！　そんな縁起でもないこといわないで。私はあなたのお帰りをいつまでもお待ちします」

「ひとつ、頼みがあるけん」

「なんですか」

「今夜の契りでもし子供ができても、産むな」

「どうして？　子供は日本の宝よ。軍もそれを奨励してるわ」

「死ぬために生まれてくるのは不幸じゃ。もっと平和な時代に生まれて来た方がええ」

「沖田さん、でも私は貴方の赤ちゃんが、欲しい」

「いや、絶対に生むな。さらばじゃ」

沖田は海軍の制帽を被り、マントを許婚の肩に羽織らせたまま、立ち上がった。

「行かないで。沖田さん」

脚に縋る許婚を振り切って、沖田は白い浜辺から去って行った。

「沖田さん、沖田さあーん！」

許婚の切ない声が松林に木霊した。その声は、遠い海鳴りに重なって、いつまでも沖田の耳に木霊していた——。

13

その半世紀以上前の青春の思い出を振り切り、沖田は夜明け前に、原子力潜水艦の魚雷室から、号令を発した。

「よおし、アメリカ軍の原子力空母に向けて、出発進行ー!」

老人達の操縦で新大和が深海を勇壮に動き出した。原潜はアメリカ軍のソナーに気づかれないギリギリの領域まで進んで行く。

無論、沖田艦長は竜也に銃を突き付けたままである。

若い恋人達は最後の別れを惜しんでいた。

「竜也、これ海の上で拾ったの」

と、美砂子は竜也に灯籠を見せた。

「随分古い灯籠だね」

「うん、でも海蛍に乗せられて燦然と光輝いて私のもとにたどり着いたの。私からあなたへの最後のプレゼント」

美砂子は古い灯籠を竜也に手渡した。

「ありがとう、大切にするよ」

「うん、じゃあ、さよなら、竜也」

竜也のキスを、美砂子は首を振って拒んだ。ただ首を抱いて真珠のような涙を竜也の頬に流した。

「そこまでじゃ。別れを惜しんでおる暇はもうないぞ」

と沖田艦長は非情な決断を下した。

「特攻人魚魚雷、発射！」

ボシュッという音と共に美砂子は深海に飛び出た。尾鰭の中には原爆が仕込まれている。

「美砂子――！」

竜也は悔し涙を流して唇を噛んだ。

美砂子は尾鰭を優雅にくねらせて深海を泳ぎ、アメリカの空母にぐんぐん近づいてゆく。テレパシーの心理映像が沖田と竜也にも伝わる。

「ええぞ、その調子じゃ。アメリカ軍は麻明戸少尉のことをイルカじゃと思うとる。もっと近付いたらお前の女神のように美しい上半身を見せてやれ。向こうから空母に引き上げてくれるぞ。そこでドカーンじゃ。ふははは」

と沖田艦長はほくそ笑んだ。

「美砂子、聞こえるか？」

と竜也はヘッドギヤのテレパシーで呼び掛けた。

『ええ、聞こえるわ』

「そのまま、逃げろ」

『でも　竜也の命が……』

「僕の命は、君に捧げる。僕の希望は世界を核爆弾の脅威から救うことだ。僕を愛しているなら、僕の希望を、僕達の悲願を叶えてくれ。頼む、美砂子」

その交信に沖田艦長が気付き、

「何を話しとるんじゃ？　テレパシーは全部聞こえとるぞ。麻明戸少尉、止まったら、即座に竜也を殺すけんなあ！」

『分かってるわ』

「美砂子！　止まってくれ！」

『だめ……このまま突っ込むわ』

美砂子はドルフィンキックで次第に速度を速めてゆく。アメリカ軍の空母は目前だ。

「美砂子ー！」

と涙ぐんで叫ぶ竜也は、灯籠の中に何かを見つけた。

「……あれ？　これは……」

「何じゃ。何をこそこそしとるんじゃ、田村竜也少尉！　見せてみい！」

「命令されなくても見せますよ。沖田艦長」

竜也は灯籠を沖田艦長に手渡した。

「なんじゃ？　この灯籠は。ボロボロじゃな。捨ててしまえ、こんなもん」

沖田は灯籠をカランと床に捨てた。古い灯籠は壊れ、中から熱で歪んで焦げたビンが転がり落ち、その瓶が割れて手紙が零れた。

「なんじゃ、この古臭い手紙は…」

と沖田は手紙を開いて読み始めた。

その時、脳波の同調したヘッドギアを通じて、原爆の落ちた広島市街の地獄絵図が、鮮明な記憶として、沖田と竜也と美砂子の脳裏に、悪夢のように蘇った――。

――業火の焼け野原を逃げ延び、若い女は、乳飲み子を抱えて、川辺に横たわった。彼女は、僧侶に水を貰い、赤子を預け、手紙を託した。彼女が息絶えた後、僧侶は約束どおり、手紙を焼け焦げたガラスのビンに入れ、それを灯籠に入れて、川に流した。灯籠は無数の遺体と共に川を下り、海に向かって音もなく流れて行った。遠い鐘の音が、死の灰で包まれた暗い空に、いつまでも響いていた――。

若い女の涼やかな儚い声が、沖田と竜也と美砂子の脳髄に木霊した。

「貴方はもう回天に乗って、蒼い海原に散ってしまわれたかしら。でも、もし生きていたら、貴方に一つだけ、お伝えしたいことがあります。最後にお別れした夜、私は貴方の子供を身籠もり、密かに生みました。貴方に叱られるかもしれないけれど、私は貴方の赤ちゃんが欲しかったのです。海神様は死ぬ前に一つだけ、最後の願いを叶えて下さるそうです。私はピカドンにやられてもう助かりません。もし、貴方が生きていたら、私の仇を取ろうなどと思わないで下さい。未来の恋人達を、二度と私達のような不幸な目に合わせないように、世界平和に貢献して下さい。それが、私の最後の願いです。この手紙を川に流します。海まで流れていつか貴方の手元に届いたら、私の願いを聞いて下さい。私の子や孫が生きて貴方にめぐり逢える日のことを思って、貴方に頂いた紅珊瑚の指輪を代々形見に贈ります。紅珊瑚の指輪の持ち主、それは貴方の血を受け継いだ子孫です。それを見たら、私の最後の願いを思い出してください。

さようなら、沖田健児様

――紅川百合亜」


遠い海鳴りが、遥かな鐘の音のように聞こえた。

「沖田艦長。これを見て下さい」

竜也は紅珊瑚の指輪を、手の内側から外側に回して見せた。

「それは、紅珊瑚の指輪。一体どこで手に入れた！」

「美砂子から預かったんです。代々伝わるお母さんの形見だそうです」

「――形見？」

「この紅珊瑚に見覚えはありませんか？」

「知らん…。知らんぞ。そんなもんは、見たこともないわい」

沖田艦長は狼狽しながら否定した。

「沖田艦長。美砂子はもしかしたら、貴方の許嫁百合亜さんの孫娘なんじゃないんですか？」

と竜也は沖田に言った。

「まさか、そんなことが……」

と沖田艦長は顔面蒼白で、震えている。

「面影がありませんか？ 美砂子に。貴方が一番よくご存じでしょう。許嫁の面差しをお忘れでなければ」

「麻明戸美砂子少尉が……百合亜の……？」

「五十四年前、紅川百合亜さんはあなたの子供を生んだ。その子操さんは、僧侶に託され、麻明戸さんと結婚し、さらに女の子を生んだ。それが麻明戸美砂子…。そうなんでしょう？ 美砂子は、あなたの許婚百合亜さんの忘れ形見。すなわち、あなたの孫娘なんでしょう？　沖田艦長！」

「美砂子がわしの……孫娘……まさか、そんなことが……」

その時、操縦士が叫んだ。

「麻明戸少尉、アメリカ空母に急接近！」

「さあ、早く止めないと、美砂子はアメリカ軍の空母に体当たりしますよ」

「ほいじゃが……」

「沖田艦長。貴方はまた見殺しにするおつもりですか。五十四年前のように」

「儂は特攻隊の戦友と、しかと約束したんじゃや。もし生き残ったら必ず仇はとってやると」

沖田は、特攻隊の戦友と別れた朝のことを思い出した――。


――蒼い大海原を前に、最後の特攻隊が、敵の戦艦に突っ込む準備をしていた。

「田村竜蔵、行きます！」

と十九歳の若者は、敬礼をして特攻潜水艦に乗り込み、傍らで見送る沖田少尉に言った。

「沖田、元気でな」

「何を言うとる。お前の後に、すぐ自分も逝く。田村、必ず敵戦艦を仕留めろよ」

「ああ。もし、しくじったら、お前に任せる。仇は必ず取ってくれ」

「おう、任せておけ」

「さらばじゃ、沖田」

「武運を祈るけえ」

二人の若者は、握手をし、敬礼をして見つめ合った。そして田村少尉は突撃した。

爆弾を積んだ田村少尉らの特攻潜水艦は、アメリカの戦艦の船底に体当たりをする直前に敵のレーダーに引っ掛かり、迎撃され、爆発炎上した。ゼロ戦の特攻隊もまた、命中率が悪く、多くは敵戦艦に体当たりする前に撃墜されたり、目標が逸れて、海面に墜落した。敵艦に命中した特攻隊は少なく、殆どは犬死にのように海の藻屑となり、蒼暗い海底深く厳かに沈んでいった。

「田村が、途中で、戦死じゃと……？」

田村の戦死の知らせを受けた沖田は、続けて特攻潜水艦回天に乗り込み、敵艦目がけて、潜行した。

ところが、敵艦目前で、沖田の特攻潜水艦はエンジンが故障し、スクリューが止まってしまった。沖田は臍を噛みながら、海中を漂流した。数時間後、自力で孤島に流れ着いた沖田は、生き恥を晒した屈辱感に耐えていた。

さらに広島に原爆が落とされ、許嫁百合亜が犠牲になったことをラジオで知り、その悲しみと戦友の仇を取ることを胸に誓い、回天を修理して独自に特攻を敢行しようとしていた。が、その出発直前で、終戦を迎えたのだった。

沖田は、戦友と許嫁の復讐を胸に刻んで、戦後を生き抜き、原爆と原子力潜水艦を製造し、悲願を遂げる日を虎視眈々と狙っていたのだった。

それが半世紀以上経った今日なのだ。生涯で最後の報復のチャンスを、もはや二度と逃す訳にはいかなかった――。

白髪に白髭を蓄え、顔に深い皺を刻んだ沖田は、血走った目をぎらつかせて竜也に言った。

「儂は千載一遇の機会を五十年待った。今日が、特攻隊の戦友と原爆で虐殺された儂の許嫁の仇を取る最後のチャンスなんじゃ。今日を逃せば、もう二度とチャンスはないじゃろう。これを絶対逃すわけにはいかんのじゃ！」

「貴方の許嫁は敵討ちなど望んではいない。百合亜さんは復讐ではなく、平和を願っていた。広島と長崎の原爆で亡くなった遺族も、二度と戦争をしないよう、世界平和を願っている。その悲願を踏み躙るんですか」

「……やむをえん。戦争で亡くなった戦友のためじゃ」

「特攻隊で死んだ僕の祖父も、果たして本当に仇討ちを望んでいたんでしょうか。僕にはそうは思えない。彼だって、故郷に残して来た妻と生きたかった筈だ。青春を生き直したかった筈だ。沖田さん。あなたもそうでしょう。もし戦争がなければ、許嫁の百合亜さんと青春を謳歌し、夫婦になって戦後を生きたかったたんじゃないですか？」

「……勝っとれば、それができたんじゃ。アメリカ軍に原爆を落とされる前に、もっと早く儂が原爆を造っとれば……」

「それは違う。もしあなたが先に原爆を造ってアメリカに落としていれば、何十万人もの罪もないアメリカ市民が犠牲になり、さらに日本の侵略は、アジアやアメリカだけでなくヨーロッパにも広がっていた筈です。そして世界中の人々を不幸のどん底に陥れ、原爆による恐怖の支配が続いていた筈です」

「今も、核保有国が、核による恐怖の支配を続けとるわい」

「いや、世界の趨勢は核軍縮に向かいつつあります。もはや誰も、核による支配を認めない。人間は原爆や水爆の支配には屈服しません。あなたの許嫁百合亜さんが原爆に負けず、核廃絶の世界平和を願ったように」

「ふん、世界平和など、幻想じゃや。核廃絶などというそんな甘っちょろい戯れ言や理想論で、世界を治めることなど不可能じゃや」

「百合亜さんが手紙でいってる平和とは、皆仲良くやって行こうなんていう甘い戯れ言じゃない。戦争や原爆の恐怖などには決して屈服しない、戦争によって人間の心を侵略したり、原爆によって人間の心を支配することは不可能だと言うことを、身をもって証明したんだと思います。だから、彼女は、あなたの子供を産んだんだ」

「じゃけん、儂の子を……？」

「人を殺すことではなく、人を生むこと。原爆の恐怖の支配に決して屈服しない命を、未来へ繋げることを選んだんだ」

「未来へ、命を……？」

「そして、さらにそのささやかな命を受け継いだ子供、つまりあなたと百合亜さんの孫娘が、美砂子です。あなたが両足を切断し、人魚に変えた美砂子です」

「美砂子……」

「沖田艦長。あなたは、愛しい許嫁百合亜さんの平和への悲願を踏み躙ってまで、復讐をなさるおつもりですか」

「……戦友の無念を晴らさねば、奴らの魂は、何百万もの魂は、浮かばれん。原爆で犠牲になった何十万もの魂も、決して浮かばれん」

「許嫁の忘れ形見を犠牲にしてもですか」

「たった一人の命など、何十万もの何百万もの戦死者に比べれば、取るに足りん」

「たった一人の命を大切にしないという思想が、他の国々を侵略し、その市民を虐殺し、自国の国民をも犠牲にし、特攻隊を犬死にさせたのではありませんか？」

「何を言うか、特攻隊は犬死じゃあないけん。国民が国家に尽くすのは当然のことじゃ。一人一人の犠牲的精神が国家を支えとるんじゃ」

「貴方のいう国家こそ、幻想ですよ。戦時中の日本の国民は日本という国に尽くしたんじゃない。日本の軍部に、一部の権力者に欺されて忠誠を尽くしたに過ぎない。そのために、特攻隊も、沖縄や広島や長崎の市民も、愛国心を悪用され犠牲になったんだ」

「日本人の愛国心は本物じゃ。日本国民は、鬼畜米英に虐殺されたんじゃ」

「日本国民を虐殺したのは、元はと言えば、中国人を虐殺した日本の軍部ですよ。ユダヤ人を虐殺したヒットラーと同じことを、アメリカは原爆投下によって行った。あなたは、その原爆を落としたアメリカと同じ卑劣で卑怯な行為を、今、しようとしているだけだ。かつて愛した許嫁の忘れ形見の大事な命を、犠牲にして」

「……何十万もの何百万もの魂が地の底、海の底で、呻いておる。たとえ孫娘の命を犠牲にしてでも許嫁と戦友の無念を晴らさねば、儂が今日まで生き恥を晒した意味はない。儂にとっては一人の命より何十万もの何百万もの戦死者の魂の方が大事なんじゃ」

「許嫁百合亜さんの忘れ形見、紅川操さん、そして操さんが命懸けで産んだ美砂子の命は、何十万もの、何百万もの、戦死者の魂に匹敵するのでありませんか？」

竜也の問いかけに、沖田艦長は呻いて、孫娘の命と戦死者の魂を秤に掛けた。苦悩する沖田の背に、竜也は静かに語りかけた。

「悲願を込められた命は、連綿と続いてきているのですから……」

「連綿と続いておるのは、魂じゃ。死者の、魂じゃ…」

「魂は、死者にではなく、現実に生きている人間にこそ宿るのです。悲願は、生きている人間がそれを汲み取り、実現してゆくんです」

竜也の鋭い逆説に、沖田は胸を突かれた。

「――生きとる人間に宿る、魂……」

「許嫁の百合亜さんは、半世紀ぶりに貴方に逢いに来たんですよ。美砂子の肉体に、魂を宿らせて……」

沖田ははっとして、許婚に生き写しの美砂子の姿を思い浮かべた。

「百合亜さんは、貴方との、再会の約束を守ったんだ。美砂子に宿った百合亜さんの魂を、その命を、貴方は、今、再び犬死にさせようとしているだけだ！」

「――百合亜……」

竜也の鋭い非難に、沖田艦長は、許婚の五十四年前の手紙を握り締め、苦悩した。額や口元に刻まれた深い皺がさらに深く食い込み歪んだ。

深海を美砂子は尾鰭をくねらせ、勢いよく泳いでゆく。アメリカ軍の原子力空母の船体に体当たりをするために。

尾鰭が放射能を帯びて青白く輝き出した。体当たりする直前、哨戒兵が、蒼い光芒に包まれた美砂子に気づいた。

「オウー、フワッツ・ザッツ。ザ・ガール・イズ・スイミング」

アメリカ海兵隊員は浮輪で美砂子を海面から甲板に掬い上げた。

そして、美砂子の尾鰭を見て人魚だと気づいて驚きの声を上げた。

「オーノー。シー・イズ・マーメイド！　アンビリーバボー！」

美砂子の女神のような美しさに魅了され、大勢の海兵隊員が彼女の周りに集まって来た。

美砂子を救い上げた髭面のアメリカ兵に、美砂子は抱き抱えられている。アメリカ兵は美砂子の胸に垂れた水の滴る黒髪を掻き上げ、乳房を露にし、美砂子の頬を両手で挟んで強引にお礼のキスを迫った。

「キス・ミー・プリーズ。プリティーガール」

美砂子は赤面した。彼女がキスを躊躇すると、我慢しきれなくなった髭面のアメリカ兵の方から分厚い唇が差し出され、接近してくる。

キスをすれば、起爆スイッチが入り、尾鰭に仕込まれた原爆が爆発する。

美砂子は目を潤ませて涙ぐみ、微笑みながら、濡れた赤い唇を突き出し、キスを受けようとした。

その寸前で、沖田艦長は、鯨型の潜水艦からテレパシーで叫んだ。

「麻明戸少尉、作戦中止じゃ！　美砂子、キスは止めえ！、アメリカ兵なんぞに唇を奪われちゃいけん。操を渡したらいけん！　儂のもとへ戻って来んさい、早く戻って来んさい、美砂子ー！」

沖田艦長はその場に跪き、手紙を握り締め、灯籠を抱えたまま、泣き崩れた。乾いた皺だらけの沖田の頬を涙が伝うのを、竜也は初めて見た。

ティアラから聞こえた沖田の声に、美砂子はキスを止め、唇を突き出して迫るアメリカ兵の頬を平手で叩いた。

パーンという乾いた音が朝焼けの空に谺し、蒼い海面を震わせた。

『はい、今すぐ、戻ります。お祖父様』

と美砂子は答え、頬を押さえてオーノーと呆然とするアメリカ兵を突き放し、尾鰭を翻して甲板から海面に飛び込んだ。

深海を潜って、美砂子はドルフィンキックで体をくねらせ、黒髪と乳房を揺らして竜也と沖田のもとへ全速力で泳いでいく。

潜水艦に戻ると、びしょ濡れの美砂子を、沖田艦長が抱き竦めた。

「すまん、美砂子。お前をこんな体にしてしもうて………」

「いいのよ。お祖父様。私はお祖母様とお祖父様のお役に立てたんだもの」

沖田と美砂子は涙を流して抱き合った。

美砂子の澄んだ涙が、沖田の乾いた頬に染み込み、深い皺を和らげた。

二人の姿は、半世紀ぶりの恋人同士の再会のように見えた。

――五十四年の時を経て、沖田と百合亜の魂は、結ばれたのだ――。

と竜也は思った。

そして、海蛍はやはり人の魂の生まれ変りだ、としみじみと思い、嬉し涙を流した。深海に溢れても構わない程のとめどない透明な涙を――。

14

遥か彼方の遠い鐘の音のような海鳴りが、白い渚に幽かに木霊していた――。

月明かりに照らされて、若い男女が、白い浜辺の波打ち際に打ち上げられ、気を失っていた。二人とも、裸だった。

盂蘭盆の精霊流しの夜以来、行方不明になっていた竜也と美砂子であった。

「あ、ここは……」

竜也は目を覚ました。

傍らに裸の美砂子が白い渚に横たわって眠っている。黒髪が乳房を覆って、波に揺すられていた。

美砂子は綺麗な睫を静かにあげ、澄んだ瞳で、目の前の竜也の顔を見つめた。

「竜也……」

「美砂子……。大丈夫か？」

「助かったの？」

「ああ、なんとかね……。あっ、美砂子……」

竜也は美砂子の下半身を指さした。

「あっ、脚が――、脚がある」

白い綺麗な両脚が元通り腰から下に付いていた。水の底の白い砂が、美砂子の桜色の爪先を洗っていた。

「よかったな」

「うん、でも夢みたい……」

「ああ、夢を見てたのかなあ、俺達」

「そうね、遠い夢を……」

二人は、月に煌めく蒼暗い海を見つめた。

遥か遠くの薄闇の水平線が赤く染まり始めた。朝日が昇ろうとしている。紅い暁光が、水平線の彼方の暗い空を茜色に染め、海面に放射状に拡がってゆく。海が夥しい血で満たされたように真紅に染まっていった。

消えようとする白い月と昇り始めた深紅の太陽に照らし出された朝焼けの海を、沖へ向かって、蒼白い海蛍が静かに還ってゆく。

あれは、沖田艦長の鯨型原子力潜水艦のサーチライトだろうか。それとも、死者の魂そのものなのだろうか――。

海蛍は、半世紀以上に亙る特攻隊の恨みと、被爆者の悲願を抱えて、血のような真紅の海面からすうっと儚く消え、暗い海の底へ、深く鎮かに沈潜していった。

竜也と美砂子は、その海蛍の光景を目に焼き付けたまま、記憶の底に、ひっそりと沈めた。昼間は決して見られない、夜だけに光り輝く、悪夢よりもリアルな魂の情景として――。

やがて、黄金色の太陽光線が夜の闇に覆われていた世界をすっかり照らし出し、暗い無気味な血の海を真っ青に輝かせ、遥か彼方まで透明に澄み渡らせていった。

眩しい朝の光に煌めく澄んだ青い海が、若い二人の前に水平線まで遠く拡がり、穏やかに揺蕩っていた。

爽やかな潮風に髪や肌を撫でられ、裸で寄り添ったまま、若い恋人たちは、目の前に拡がる蒼く澄んだ透明な世界を、過去から未来に想いを馳せ、魅せられたようにいつまでも眺めていた。


（了）

主な参考文献

「核　いま、地球は　オールカラー版」講談社
「昭和2万日の全記録　第7巻　廃墟からの出発」講談社
つかこうへい「広島に原爆を落とす日」（角川文庫）
各百科事典の原爆関連項目等

海《うみ》 蛍《ほたる》

2015年8月20日　初版第1刷発行

著　者　雪村　浩（ゆきむら・ひろし）

発行所　ブイツーソリューション
〒466-0848 名古屋市昭和区長戸町4-40
電話 052-799-7391　Fax 052-799-7984

発売元　星雲社
〒112-0012 東京都文京区大塚3-21-10
電話 03-3947-1021　Fax 03-3947-1617

印刷所　藤原印刷

ISBN 978-4-434-20911-6